시작이라는 말에
예민한 당신에게

시작이라는 말에
예민한 당신에게

펴 낸 날 2024년 4월 11일 초판 1쇄

지 은 이 조정훈
펴 낸 이 박지민
책임편집 윤서주
편 집 김정웅, 민영신, 이경미
책임미술 롬디
마 케 팅 박종천, 박지환

펴 낸 곳 모모북스
서울특별시 동대문구 왕산로81, 203-1호(두산베어스 타워)
전화 010-5297-8303 팩스 02-6013-8303
등록번호 2019년 03월 21일 제2019-000010호
e-mail pj1419@naver.com

ISBN 979-11-90408-53-0 03810

• 책값은 뒤표지에 있습니다.
• 잘못된 책은 구매하신 곳에서 교환해드립니다.
• 모모북스에서는 여러분의 소중한 원고를 기다립니다.
투고처: momo14books@naver.com

시작이라는 말에
예민한 당신에게

조정훈 지음

prologue

도전, 지금이 골든 타임이다

얼마 전 우연히 일본 시인 시바타 도요를 알게 되었다. 도요는 주방장이었던 남편과 사별 후 아들의 권유로 92세에 처음 시를 쓰기 시작했고 마침내 2009년 10월 자신의 장례 비용으로 모아 둔 100만엔을 들여 첫 시집 『약해지지 마』를 출간했다고 한다.

넌지시 도요 이야기를 꺼내며 아내에게 말했다.

"나도 이제 책을 쓸 거야. 도요처럼 힘들고 지친 사람, 늦었다고 망설이는 사람들에게 조금이라도 위로를 주는 그런 책 말이야."

기다렸다는 듯 아내가 말했다.

"그런 사람은 특별한 사람이야. 이제 그냥 좋아하는 운동이나 실컷 해. 뭘 또 시작해?"

곰곰이 생각해 보니, 운동 빼고 잘하는 건 뭐든 일단 시작해 보는 '도전 정신'이었다. 글도 마찬가지였다. 아내와 연애할 때 편지 몇 통 써본 것이 전부였다. 그런 내가 책 쓰기에 도전한다고 큰소리를 쳤으니……. 망설이다 며칠이 훌쩍 지나갔다. 이러다가 정말 무덤 앞에 서서 후회하지는 않을까?

지금이 골든 타임이야. 바로 펜을 들고 도전해!

평소의 나답게 단호하게 나에게 명령했다.

도요가 시를 쓰기 시작했던 때에 비하면 나는 아직 이팔청춘 아닌가! 용기를 냈다.

1997년 10월 22일 오후 1시 30분. 고속도로에서 차가 전복되어 구사일생으로 목숨을 건진 후 지금까지 30년 동안 쉬지 않고 달려왔다. 상고 졸업 후 무작정 상경, 외판원과 신문 배달을 하며 꿈을 꾸던 시절, 은행원이 되고 검찰 공무원이 된 후 야간 대학에 다니며 계속된 주경야독, 그리고 2년 6월의 국비 중국 유학 후 현재 검사직무대리에 이르기까지. 실패와 좌절의 순간마다 나를 전진시킨 것은 '하면 된다'는 믿음과 '일단 시작해 보자'는 도전 정신이었다. 돌아보면 나는 언제나 두려움 앞에서 멈추지 않았다. 아니, 멈출 수가 없었다. 나를 믿고 다시 일어서기를 수도 없이 해온 세월이었다.

책을 쓰기 시작하면서 시작을 망설이는 분들, 오늘도 주경야독하며 빛나는 내일을 꿈꾸는 수험생들과 고군분투하는 직장인들, 그리고 나와 같은 공무원들에게 한 끼는 못 되어도 한 스푼의 위로라도 되었으면 하는 마음이었다. 쓰다 보니 뜻밖에도 내가 오히려 위로를 받았다. 넘어지면 일어섰고, 포기하려다 다시 시작했고, 절망 속에서도 희망을 잃지 않고 달려온 나를 보면서 또 다른 도전을 해보고 싶은 열정마저 생겨났다.

시작은 반 이상이다. 용기 있게 첫발을 떼고 나니 어느새 목적지에 도착했다. 마지막 퇴고를 마치고 아내가 끓여준 미역국을 먹었다. 아내는 미역국 앞에서 나지막한 목소리로 "당신은 특별한 사람이야."라고 말해주었다. 이런, 평범함과 특별함은 종이 한 장 차이였던가!

내게 글을 쓸 오기(?)를 준 아내와 아들과 딸, 펜을 들도록 용기를 준 도요 시인 그리고 어려운 출판 현실 속에서 기꺼이 손을 내밀어 준 모모북스 박종천 대표님에게 감사를 드리고 싶다. 설익은 밥을 귀한 손님에게 내어놓는 것 같아 마음이 무겁지만, 나의 작은 도전의 이야기들이 이 글을 읽는 누군가에게 큰 도전과 성취의 단단한 디딤돌이 되었으면 좋겠다. 그리고 당신에게 말해 주고 싶다.

도전, 지금이 당신의 '골든 타임'이라고!

2023년 겨울, 다음 도전을 준비하며

목차

제1장

오늘도 시작입니다

제2장

내 삶에 멈춤은 없습니다

제3장

주경야독 중입니다

제4장

중국유학은 처음입니다

제5장

검찰 수사관입니다

제6장

봄이 오려고 그랬나 보다

제1장

오늘도 시작입니다

서른에 멈춘 시계

눈을 떴다. 마취 주사를 맞은 듯 정신이 몽롱했다. 고개를 좌우로 흔들었는데 넋이 나간 로봇처럼 꿈쩍도 하지 않았다. 고속도로 사고였다. 나는 신태인고속도로 1차로에 납작 널브러져 있었다. 다시 한번 힘겹게 머리를 들어 움직여 보았다. 괘종시계처럼 딸깍딸깍 좌우로 조금씩 움직였다. 이마에 흘러내린 피가 아스팔트 위로 뚝 떨어졌다. 순간 잠이 들었다. 얼마나 지났는지 모른다. 반장님이 나를 일으키며

"눈 떠, 눈 떠 봐. 여기서 자면 죽어!"

라고 고래고래 소리를 질러댔다.

이제 겨우 서른. 공무원으로 임용된 지 고작 3년 차였다. 오랜만에 전주로 출장을 가는 날이었다. 설레는 마음으로 어제 새로 산, 조끼 달린 정장을 꺼내 입었다. 꾸물거리기 일쑤였던 단추들이 신이 났는지 한 번에 제자리를 잡고 출근을 재촉했다.

행여 눈부신 가을이 놀랄까. 조바심에 조수석에 살며시 앉았다. 겨울에 태어났으니 오늘은 스물아홉 번째 맞는 가을 하늘이다. 가을인데 어디서 그렇게 많은 햇살이 순식간에 내게로 쏟아지는지 눈이 부셨다. 어렸을 적 돋보기로 햇볕을 있는 대로 끌어모아 종이를 태워보려고 애쓰던 기억을 떠올리며 꾸벅꾸벅 졸고 있었다.

오늘 운전은 속도광 슈마허 반장님이다. 출발 전에 벌써 작은 봉고차는 잔뜩 겁에 질렸다. 100킬로가 넘는 슈마허의 온 힘이 오른 발바닥으로 모아지는 게 나에게도 전달됐다. 아! 이분은 왜 우리 회사에 들어오셨나? 세계 자동차 경주에 나갔어도 손색이 없어 보이는 질주 본능이었다.

운전석과 조수석을 제외하고 차 안은 일독을 마친 신문들로 가득했다. 신문들이 밀어내는 힘으로 차 위쪽이 볼록해졌고, 양옆은 금방이라도 터질 듯이 출렁거렸다. 다 본 신문들을 모아 복사지로 교환하러 가는 출장이었다. IMF 한복판에 내가 있을 줄이야!

갑자기 정장이 부담스러웠다. 이런 막노동(?) 출장에 정장이라니. 정신이 나갔나 보다. 역시나, 먼지는 좀 쌓이고 색상은 단출해도 나한테는 민방위복이 제격이었다. 정말 그랬다. 물품 업무를 맡기 전, 근무한 기록 보존계에서 민방위복을 걸치고 하루 종일 작업한 기록을 하역 인부처럼 어깨에 둘러메고 2층 창고를 향해 계단을 오를 때 그 편안함을 어디에 비하랴!

어디쯤 가고 있었을까?

갑자기 "악!"하는 슈마허의 비명에 놀라 눈을 번쩍 떴다. 동시에 본능적으로 고속도로 사고임을 직감했다. '내가 여기서 이렇게 죽는구나.'

두 눈을 질끈 감고 고개를 떨어뜨렸다. 순간 주마등처럼 지난 기억들이 빠르게 스쳐 지나갔다. 아버지가 보였다. '이렇게 갑자기 죽으면 안 돼. 이건 세상에서 가장 큰 불효야.' 어렸을 때는 너무 무서워 제대로 눈도 마주치지 못했던 아버지. 아버지는 늘 술에 취하시면 삼 형제를 불러놓고 일장 연설을 하셨다.

"공부가 중요한 것이 아니다. 진짜 중요한 것은 예절이야. 예절 바른 사람이 되어야 한다."

하신 얘기를 또 하고 또 하고. 무릎이 저려 몇 번이나 콧잔등에 침을 잔뜩 발라도 아버지의 말씀은 끝이 없었다. 행여 집에 오셨다가 돌아가시는 어르신을 대문 앞까지 따라가 인사하지 않았다고 세 시간에 걸쳐 당신의 격정적인 삶을 풀어놓으시며 야단치시던 아버지였다. 초등학교 근처도 가시지 않았지만 스스로 한글과 한자를 깨우치시고 침술을 익히셨다. 아버지의 회갑 잔치가 가까워져 오자 나는 미련 없이 5년 동안 계속된 대학 진학 준비를 포기하고 은행에 입사했다. 내가 아버지 모르게 은행을 그만두고 3개월 만에 9급 검찰 공무원 시험에 합격한 후 얼마 지나지 않아 아버지는 풍으로 쓰러져 말하는 것을 잃고 움직이지도 못하는 몸이 되셨다.

무거운 신문의 무게에 나름대로 최선을 다하던 오른쪽 뒷바퀴 하나가 갑자기 툭 떨어져 나갔다. 순간 슈마허가 중심을 잃고 핸들을 중앙분리대 쪽으로 돌렸고, 분리대를 들이받은 차는 고속도로 1, 2차선 중간에 고꾸라졌다. 안전벨트를 매지 않았던 나는 세찬 반동으로 앞 유리를 뚫고 나가떨어졌다. 중앙분리대와 나란히 개구리처럼 납작 뻗어 있었다.

다시 슈마허가 내 따귀를 갈기며 말했다.

"눈 떠, 눈 떠. 여기서 자면 죽어."

10년 가까이 어둡고 긴 터널을 겨우겨우 통과하고 새로운 출발점에 섰는데……. 내 삶의 시계가 이렇게 멈추다니. 나는 무의식 속에서 나에게 소리쳤다. 여기서 멈출 수 없어!

응급실에서 시작된 두 번째 인생

여기저기 피범벅이었다. 머리 여러 군데 살점이 떨어져 나갔다. 앞니 두 개는 반쯤 깨졌고, 오른쪽 무릎이 마비된 듯 감각이 없었다.

희미하게 정신이 들었다. 아마도 슈마허의 따귀와 버럭 고함에 기절한 뇌가 놀라 정신을 차린 것 같았다. 전성기 때의 총명하고 날렵함은 아니었지만 그래도 죽지 않았다는 느낌적인 느낌이었다. 따스한 햇살과 함께 아프지 않게 코끝을 스치는 가을바람이 향기롭고 달콤했다. 하마터면 영영 못 맡을 뻔했던 고마운 향기였다.

슈마허는 고속도로 한가운데서 손을 흔들며 도움을 청하고 있었다. 위험천만했다. 일어서고 싶은 마음이 간절했지만 만신창이가 된 몸은 꼼짝도 할 수 없었다. 차가 잡히지 않자 다시 내 옆으로 온 슈마허는 미동도 없는 내가 큰일이라도 난 것으로 알았는지 연신 따귀를 갈기며 '자면 죽어!'를 반복했다. 나는 분명히 숨을 쉬고 있었는데 무슨 영문인지 슈마허에게 '괜찮다'고 말을 못 하고 죽은 듯이 눈을 감고 있었다. 아마도 슈마허가 갈긴 따귀에 대한 반발(?)이었던 것 같다. 다시 버스와 트럭 몇 대가 1차선으로 달려오다 급하게 차로를 바꿔 3차선으로 피하며 지나갔다. 슈마허의 애원에도 아랑곳없이 몇 대가 더 지나간 뒤에야 우리 차와 똑같은 봉고차가 멈춰 섰다. 슈마허는 잽싸게 나를 안아 차에 태웠다.

슈마허의 애원을 더 이상 외면할 수 없었다. 반 죽어가는 신음 소리를 내며 간신히 '살아 있음'을 알렸다. 그것이 오히려 더 그를 걱정스럽게 만들었는지 모른다.

"그래, 그래, 됐어. 정신 차려."

나는 속으로 계속 대답하고 있었다.

'나도 잘 알아요. 참 곤란하네요. 아픈 곳은 많지만 죽을 정도는 아니에요. 다행히 뇌도 다치지 않고 정신은 온전한 것 같으니 그렇게 걱정 안 해도 돼요.'

더 이상 버티면 안 되는데. 언제까지 이 뺨을 견딜 수 있을까? 슈마허는 운전자에게 환자가 매우 위중한 것 같으니 최대한 속력을 낼 것을 부탁했다. 여차하면 자신이 운전대를 잡을 기세였다.

'아뿔싸! 아닙니다. 천천히 가셔도 됩니다. 안전이 최우선입니다.

뛰는 놈 위에 나는 놈이 있다더니 슈마허보다 더 빨랐다. 속도광 세계 1, 2위가 이 차 안에 있는 듯했다. 화가 났다. 이러다 병원에 가기 전에 진짜 죽을지도 모른다는 생각이 들었다. 내가 제일 무서워하는 것이 과속인데. 나는 세 번이나 진실을 고백할 기회가 있었지만 번번이 때를 놓치고 말았다. 인생은 타이밍이라고 했거늘…….

얼마나 과속을 했는지 예상 시간보다 40분 일찍 도착했다고 운전자는 의기양양했다. 과속은 위험했지만, 나도 그분처럼 고속도로를 달리다 멈추고 다른 사람을 도와줄 수 있을까? 생각해보니 새삼 존경스러웠다. 어찌 되었든 '고맙다'고 해야 했는데 나는 아무 말도 할 수 없었다.

3년 전 아버지가 뇌졸중으로 쓰러져 수술받았던 그 병원 응급실이었다. 아버지가 누우셨던 그 침대라고 생각하니 정신이 맑아지고 마음이 놓였다. 그 편안함 속에 나는 여전히 의식 불명인 것처럼 누워 있었다.

갑작스러운 환자로 응급실에 생기가 돌았다. 지금이라도 괜찮다고 말할까? 잠시 망설이는 순간 또 타이밍을 놓쳤다. 어금니를 굳게 물고 있는데 서너 명의 간호사들이 왁자지껄 몰려왔다. 이내 나를 절망의 구렁텅이에 빠져들게 만든 그녀들의 수군거림.

"이번에는 네가 한번 해봐. 의식 없는 것 같으니까 겁내지 말고 배운 대로 맘 놓고 해 봐."

실눈을 뜨고 봤더니 실습 간호대생 명찰이 보였다. 실습생은 약간은 힘이 들어간 내 왼쪽 팔뚝을 거칠게 잡아끌고, 대뜸 주사기를 들었다. 살려면 진실을 고백해야 한다. '저……'가 나오기도 전에 앙증맞은 주삿바늘이 내 입을 막아버렸다.

허리춤에 양손을 얹고 바라보던 간호사가 말했다.

"아니, 잘못했잖아. 다시 해봐."

맙소사! 내 팔뚝은 무슨 잘못이란 말인가. 빨간 피가 쪼르르 흘러내렸다. 몇 번이고 주사기를 찔렀다, 뺐다 하는 느낌이었다.

"성공"이라고 했다. 실습생이 눈물 나게 고마웠다. 다음은 CT 촬영실이었다. 오는 내내 괜찮은 느낌이었지만 내가 진실을 말하지 못한 것으로 미루어 필시 무슨 이상이 있을 것 같았다. 놀랍게도 결과는 '특이 증상 없음'이었다. 다행이었다. 뇌에 이상이 없어 입원을 위해 광주로 향했다.

뇌진탕 등 2주 진단이 내려졌다.

죽지 않았을 뿐인데 태어나 가장 큰 효도를 했다고 생각했다. 몇 바퀴를 구르며 형체를 알 수 없을 정도로 심하게 파손된 봉고차는 죄인처럼 폐차장으로 끌려갔는데 그 후 소식은 모른다. 큰맘 먹고 장만했던 정장이 못내 아쉬웠다. 내 몰골처럼 곳곳이 찢겨 더 이상 입을 수 없게 되었다.

슈마허에게 미안했다. 그 당시 당황하던 모습이 눈에 선했다. 바로 '괜찮다'고 말씀드렸어야 했다. 평소 과묵했지만, 잔정이 많고 아픈 아들을 위해 열심히 생활하시는 분이셨다. 슈마허 때문에 살아났을 수도 있다는 것을 생각 못 했다. 삶과 죽음이 교차하는 그 찰나의 순간에 슈마허는 어땠을까. 외상은 입지 않았지만, 슈마허가 나보다 더 큰 내상을 입었을 수 있다는 생각은 왜 못했을까. 뜻하지 않게 상처를 준 나 자신이 몹시 어리석게 느껴졌다.

극적으로 서른에 두 번째 인생이 시작되었다. 그동안 두 발이 없는 사람을 생각하지 못하고 좋은 신발이 없다고 불평했다. 감사함을 모르고 살았다. 생각하면 가진 것이 얼마나 많은데…….

선 넘는 선

광주에서 병원 생활이 시작되었다. 오른 다리를 무릎까지 석고 붕대로 깁스했다. 피폭 현장처럼 움푹 파인 머리 한 부분, 한가운데 반쯤 깨진 윗니, 한쪽 겨드랑이에 목발을 짚고 다니는 모습이 영락없는 영구였다. 나도 내 얼굴을 쳐다보기가 민망했다. 아버지가 쓰러지셨을 때 보호자로 2개월 동안 중환자실 생활을 한 적은 있지만 내가 환자가 되어 입원한 것은 처음이었다. 머리 감는 것, 밥 먹는 것도 쉽지 않았지만, 특히 힘들었던 것은 석고 붕대 안의 다리가 가려울 때였다. 단단한 석고 붕대를 떼어 낼 수도 없고, 손가락도 닿지 않아 여간 고역이 아니었다. 긁고 싶을 때 긁을 수 있는 것도 행복일 수 있다니……. 궁리 끝에 옷걸이를 길게 펴 최대한 가능한 곳까지 내려 긁었다. 나름 슬기로운 방법이었다.

처음 며칠 동안은 회사 동료들과 학교 친구들의 열렬한(?) 병문안을 받느라 분주했다. 그때마다 죽었다가 살아난 무용담을 듣는 이의 고단함을 알아채지 못하고 늘어놓기 바빴다. 불행 중 다행으로 외상은 심했지만 뼈가 부러지거나 뇌가 다친 것은 아니어서 몸은 빠르게 회복되었다. 2주 입원을 성공적으로 마치고 곧바로 직장에 복귀하여 정신없이 하루하루를 보냈다.

그해 12월은 쓸쓸했다. 크리스마스 전날에 봤던 미팅도 아무런 소득 없이 1998년 새해를 맞았다. 정신을 차려보니 내 나이 서른하나였다. 진짜 맞는지 몇 번이나 주민등록증을 이리저리 살펴봐도 서른하나가 틀림없었다. 또다시 찾아온 밸런타인데이. 어떻게 생겨난 날인지 생각하지 않기로 했다. 이날을 잘 넘겨야 진짜 서른하나가 된다고 생각했다. 퇴근을 앞둔 어느 날. 슈마허가 나를 보자고 했다. 잘 아는 분 딸이 있는데 한번 만나 볼 생각이 없느냐고 물었다. 생사고락生死苦樂을 함께했던 전우 같은 생각에 한 치의 망설임 없이 "예스"라고 답했다.

2월 14일 밸런타인데이.

약속 장소는 고속도로 진입 모퉁이에 있는 호텔 커피숍이었다. 일주일에 한 번씩 그 호텔을 지나쳐 시골을 갔었다. 그날은 전문 용어로 '선'을 보는 날이었다. 웬만하면 나는 이 '선'을 성공적으로 넘기를 바랐다. 뭔가 좋은 일이 일어날 것 같은 생각에 사고 때 입었던 것과 똑같은 조끼 달린 갈색 양복을 다시 샀다. 오늘 이 선을 넘기 위해 한바탕 큰 액땜을 했다고 생각하니 마음이 편안했다. 조끼 안으로 하늘색 넥타이가 자꾸 돋보이려고 조바심을 내는 것 같았다. 커피숍 안을 둘러보니 몇 군데서 조심스럽게 또는 대담하게 '선'을 넘으려는 놈(?)들이 보였다.

10시 31분, 그녀가 들어왔다. 슈마허는 전문가처럼 간단한 소개를 마치고 자리에서 일어났다. 나는 무언가에 홀린 듯 이 만남이 운명이라고 생각했다. 까맣게 잊고 있던 형법 인간관계 학설 중 '조건설'을 급히 소환했다. 내가 세상에 태어나지 않았더라면, 은행을 그만두지 않았더라면, 공무원 시험에 합격하지 않았더라면, 광주로 내려오지 않았더라면…… 꼬리에 꼬리를 무는 그 조건들은 어쩌면 필연이었다. 나는 이것을 '필연설'이라 명명하고 그 설을 절대적으로 따르기로 했다.

내가 태어나 살아오면서 지금까지 쭉 준비되고, 이어져 왔던 그 필연의 끝이 오늘 이 '선'이라고 마음속 큰소리로 주문을 외웠다. 그녀는 경찰이라고 했다. 나는 검찰이라고 말했다. 그녀는 야간 대학을 다닌다고 했다. 나도 '이하동문'이라고 잽싸게 말했다. 그녀는 기독교를 믿는다고 했다. 나는 천주교를 믿는다고 했다. 종교가 문제가 될 수 없다고 단호하게 답했다. 김대중 대통령과 이휘호 여사도 종교는 달랐지만 서로 존중하며 평생을 같이하고 있다고 핏대를 세우며 말했다. 흥분했다. 지금은 9급이지만 5급 행정고시를 준비하고 있다고 큰소리쳤다. 내 목소리에 주변에서 무장 공비처럼 조심스럽게 선을 넘으려는 동지(?)들이 화들짝 놀라는 것 같았다. 우리는 서로 다니는 야간 대학을 오가며 데이트를 했다.

그런데 4개월 후 이번에는 그녀가 교통사고를 당했다. 면허를 딴 지 얼마 안 되어 온 힘을 핸들에 집중하고 오직 앞만 보고 호남대 사거리 교차로를 향해 가는데 오른쪽에서 119 구급차가 세차게 달려오고 있었다고 했다. 아무 소리도 듣지 못하고 교차로 중앙에 이르렀을 때는 이미 늦었다. 그녀의 조수석과 구급차의 왼쪽 앞 범퍼가 충돌하면서 승용차는 20미터 이상 밀려났고, 그녀는 정신을 잃었다. 참으로 위험천만했다. 두 사람 모두 대형 교통사고를 겪고 살아나야 결혼에 이를 수 있는 운명인가 생각했다. 내가 그랬던 것처럼 정말 다행히도 그녀도 뇌(?)를 다치지는 않았다. 갑작스러운 상황에 본능적으로 브레이크를 밟으면서 오른 다리를 크게 다쳤다. 천우신조天佑神助였다. 조금만 잘못되었으면 평생 오른발을 못 쓸 뻔했다. 자동차는 형체가 알아볼 수 없을 정도가 되어 폐차해야 했다. 몇 개월 전 내 사고와 거의 판박이였다. 그녀가 입원한 한 달 내내 거의 매일 병원을 찾았다. 우리는 죽을 고비를 함께 넘은 착한 공범(?)이었고 병원은 결혼을 모의한 우리의 오작교였다. 그 오작교를 지나 1년 후 우리는 부부가 되었고, 아들 둘, 딸 하나를 낳았다. 그리고 나는 2020년 11월 3일 5급 사무관 승진 시험에 합격하여 그렇게 큰소리쳤던 고시(?) 합격의 약속을 22년 만에 지키게 되었다.

우물 안 개구리(井底之蛙)

어떤 사람이 링컨에게 이렇게 물었다. "당신은 교육도 제대로 못 받은 농촌 출신이면서 어떻게 변호사가 되고 미국 대통령까지 될 수 있었습니까?" 링컨은 이렇게 대답했다. "내가 마음먹은 날, 이미 절반은 이루어진 것입니다."

-데일 카네기

내 고향은 고추장으로 유명한 전북 순창이다. 나는 1967년 순창에서도 버스를 타고 한참을 가야 하는 산골 마을에서 태어났다. 그 당시 사내아이가 태어나면 대문 앞으로 새끼줄을 치고 그 새끼줄에 빨간 고추를 매달아 놓고 한동안 사람들이 출입하지 못하도록 했다. 내가 태어났을 때도 그랬다. 마을 바로 앞에 국민학교가 있었고 학교에는 송구부가 있었는데, 운동 신경이 좋았던 나는 4학년 때부터 송구부에 뽑혔고 곧바로 주전 자리를 꿰찼다. 그 당시 선수들을 나눠 수시로 연습 게임을 하곤 했는데 나는 열 골이면 아홉 골을 넣을 정도로 골 감각이 뛰어나 언젠가부터 '국가 대표'라는 별명이 붙었다.

1970년대 초반 새마을 운동이 한창이었지만 우리 동네엔 아직 전기도 들어오지 않아 호롱불을 켜고 살았다. 마을도, 학교도 가난해서 선수들에 대한 지원은 거의 없었다. 궁리 끝에 학교에서는 선수들을 위해 학생 1인당 달걀 하나와 라면 한 봉지를 의무적으로(?) 가져오도록 했다. 우리는 1주일에 한 번씩 연습이 끝난 후 운동장에서 큰 솥단지에 달걀을 넣은 라면을 끓여 먹었는데 그럴 때면 세상 부러울 것이 없었다. 어느덧 6학년이 되었고 최고참으로 주장도 맡게 되었다. 키도 제법 컸고 기량도 이전과는 몰라보게 향상되었다. 나는 더 이상 이 작은 학교에서

썩고 있을 인재가 아니었다.

그해 10월 드디어 내 실력을 뽐낼 절호의 기회가 찾아왔다. 순창군 내에는 송구부가 있는 학교가 없었기 때문에 가까운 남원시로 친선 시합을 하러 가게 되었다. 그동안 주위에서 침이 마르도록 칭찬을 받아 왔던 터였기에 이번 시합의 MVP는 따 놓은 당상이었다.

시합이 열리는 날.

새벽같이 교장 선생님, 체육 선생님 그리고 아버지를 비롯하여 많은 동네 어르신들과 함께 덜컹거리는 버스를 타고 남원으로 출발했다. 태어나 처음 타보는 버스에 긴장했는지 얼마 가지 못해 심한 멀미로 정신이 혼미했다. 여기저기서 시합 걱정하는 소리가 들려왔다. 울퉁불퉁한 도로 양쪽으로 얌전하게 늘어선 코스모스, 금방이라도 손에 잡힐 듯 파란 가을 하늘, 모두 한마음으로 우리를 응원하는데 나만 시들어 버린 풀잎처럼 힘이 없었다.

찬물을 들이켜고 어느 정도 정신을 차리고 나니 남원 국민학교에 도착했다. 교문에서부터 팽팽한 긴장감이 느껴졌다. 상대가 국가 대표(?)의 실력을 눈치채지 못하게 최대한 가볍게 몸을 풀었다. 경기장 양쪽에 모인 사람들의 모든 시선이 나를 보는 것처럼 느껴졌다.

양쪽 선수들이 중앙에 마주 섰다.

서로 눈싸움을 하며 인사를 나누자 시합을 알리는 호루라기 소리가 울렸다. 분명 국민학생이라고 했는데 체격은 중학생보다 훨씬 커 보였다. "키만 멀대같이 큰 거지. 별거 없을 거야." 나지막이 우리 팀 선수들에게 말했다. "오늘 작은 고추가 맵다는 것을 보여주자." 힘차게 파이팅을 외치고 나니 몸이 날아갈 듯 가벼웠다.

아버지는 언제 막걸리를 드셨는지 벌써 얼굴이 빨갛게 달아오르셨다. 이리저리 왔다 갔다 하시며 능숙하게 꽹과리를 치고 계셨다.

우리가 먼저 공격이었다. 나는 잽싸게 패스를 받아 쏜살같이 드리블을 하여 한달음에 상대편 골문 앞으로 달려가 첫 번째 슛을 던졌다. 비록 골은 안 됐지만 확실한 기선 제압이었다.

'봤지, 나 이 정도야. 너희들 오늘 잘못 만난 거야.'

당황한 상대편이 약간은 가여워 보이기까지 했다. 잠시 주춤하는 사이 내 공을 잡은 상대편 골키퍼가 공을 길게 던졌고, 이를 잡은 공격수는 곧바로 우리 편 골네트를 갈랐다. 순식간이었다. '이게 아닌데. 그럴 수도 있지. 이제 시작이잖아.' 동요하는 친구들을 향해 파이팅을 외쳤다.

아버지의 발걸음이 점점 빨라지고, 꽹과리 소리도 더 요란해졌다. 아까 봤던 파란 가을 하늘이 검은 먹구름으로 가득했다. 덩달아 나의 심장도 격렬해졌다. 땀방울이 비 오듯 쏟아졌다. '파이팅'을 목이 터져라 외치며 상대를 파고들었지만, 번번이 슛도 던지지 못하고 공을 뺏기고 말았다. 어느덧 점수는 5 대 0. 전반전이 끝났다. 붉게 상기된 얼굴에 처음의 자신감은 온데간데없었다. 걱정스러운 눈빛으로 바라보시는 교장 선생님과 어르신들의 격려가 귀에 들어오지 않았다.

5분 휴식 후 후반전이 시작되었다. 전반전은 한바탕 꿈같았다. 후반전도 경기 양상은 변하지 않았다. 아버지는 이제 완전히 취하신 듯했다. 꽹과리 소리도 더 이상 들려오지 않았다. 아버지의 볼을 타고 내려오는 것이 땀인지 눈물인지 분간할 수 없었다. 속절없이 시간이 지나갔다. 어느덧 점수는 10 대 0. 남은 시간은 1분이었다. 후회가 밀려왔다. 왜 그렇게 자만했을까. 경쟁 상대 없는 작은 시골에서 그동안 하룻강아지 범 무서운 줄 모르고 우쭐거렸다. 그러나 되돌릴 수도 없었다.

한 골만 넣자고 외치면서도 속으로 나도 모르게 상대방의 실수를 빌었다. 가장 멋지게 한 골만 넣으면 이 모든 창피함을 날려 버릴 것만 같았다. 내 바람이 통했을까.

기다리던 황금 같은 마지막 기회가 찾아왔다. 중앙선 근처에 멍하니 혼자 서 있는데 공이 날아왔다. 온몸은 땀으로 흥건했고 나는 영원히 돌아오지 않을 것처럼 앞으로 내달렸다. 현란하게 드리블을 한 뒤 야무지게 두 손으로 공을 움켜잡았다. 순간 손이 부들부들 떨렸다. 공이 자꾸 빠져나가려 했다. 모든 시선이 다시 나의 떨리는 두 손 위로 모여드는 것 같았다. '이때다.' 그동안 수도 없이 연습했던 7미터 지점에서 힘껏 날아올랐다. 얼마나 높게 뛰어올랐는지 중학생 같던 골키퍼가 한참 작게 보였다. 그대로 공중에서 360도 회전을 하며 골대 오른쪽으로 공을 힘차게 던지고 골키퍼 앞에 그대로 쓰러졌다. '오늘의 가장 멋진 골. 그래, 이것이면 충분해. 됐어.' 바닥에 얼굴을 묻고 어떤 모습으로 일어날까 잠시 망설였다.

주위가 조용했다. 힘겹게 고개를 드는데 여기저기서 웅성거리는 소리가 귓가에 맴돌았다.

"재, 도대체 왜 넘어진 거야. 별명이 국가 대표라며. 쯧쯧쯧."

바닥에 쓸린 왼쪽 팔꿈치에서 피가 흐르고 있었다. 그렇게 힘차게 슛을 던졌건만 손에 너무 힘이 들어갔는지 공은 내 머리 위에서 패대기치듯 빠져나가 버렸다. 상대편 골키퍼가 거인처럼 뚜벅뚜벅 내 앞으로 걸어오는 모습이 또렷해지는 순간 나를 때려눕힐 듯이 종료를 알리는 호루라기 소리가 포성처럼 울려 퍼졌다.

태어나 처음으로 쓴맛을 제대로 맛본 하루였다. 오늘의 내가 부끄러웠다. 나는 우물 안 개구리였다.

이놈아,
제발 공부 좀 해라

나는 오 남매 중 셋째로 태어났다. 한때 윗마을 아랫마을로 구분될 정도로 융성했던 마을이 지금은 20여 가구 남짓이고, 그마저 지팡이에 의지하는 어르신들이 대부분이다. 회관 앞에 당산나무 한 그루가 있는데 노안이 들었는지 가끔씩 가는 나를 잘 알아보지 못할 때가 있다.

가난 때문에 어린 시절은 그야말로 지옥 같은 일의 연속이었다. 유년 시절을 송두리째 뺏어간 일들.

첫 번째는 소 풀베기다. 시골말로는 '깔' 베러 간다고 했다.

소가 먹는 밥의 주재료가 '꼴'이다.

학교를 마치고 돌아오기 무섭게 곧장 조선낫과 외낫 한 자루를 날카롭게 갈고 나보다 큰 망태 하나를 어깨에 메고 들로 달음박질했다. 당시 소는 우리 집에서 제일가는 재산이었다. 매년 새끼를 한 마리씩 낳곤 했는데 그럴 때면 집안의 큰 경사였다. 다른 집도 모두 소 한 마리는 키우고 있어서 조금이라도 더 빨리 꼴을 한 망태 베려면 늘 서둘러야 했다. 서로 경쟁적으로 꼴을 베니 가까운 곳은 잔디를 깎은 것처럼 늘 깔끔해서 동네에서 점점 먼 곳으로 가야만 했다. 한두 시간에 걸쳐 꼴을 베어 망태 한가득 꾹꾹 눌러 담아 돌아오는 길, 늘 어둑해진 들녘은 나의 친한 친구였다.

집에 돌아오면 안 그래도 큰 눈을 더 크게 뜨고 황소가 저녁밥을 기다렸다. 서둘러 쇠죽을 끓여야 했다. 작두로 갓 베어온 싱싱하고 푸릇한 꼴을 먹기 좋은 크기로 썰고 이미 썰어 놓은 짚과 반반씩 솥에 넣은 다음 물 서너 양동이를 붓고 아궁이에 불을 때기 시작했다. 유일한 친구인 라디오를 켜면 라디오 드라마 〈태권동자 마루치 아라치〉가 방송되는 시간이다. 노래에 맞춰 부지깽이로 솥뚜껑을 탁탁 두드린다. 수증기가 솥뚜껑을 비집고 새어 나오면 사료를 한 바가지 퍼붓고 젓기 시작한다. 조바심이 난 황소가 아무리 발버둥을 쳐도 아직 멀었다. 10분을 더 끓이면 맛있는 저녁밥(?)이 완성된다. 쇠죽을 양동이에 가득 담아 구유에 부어 주면 앞발 뒷발을 차고 고개를 흔들며 고맙다고 난리다. 추운 겨울이면 쇠죽을 끓일 때마다 알루미늄 양동이에 물을 담아 쇠죽솥에 넣고 데웠다. 양동이에 담긴 뜨거운 물에 찬물을 더해 아버지부터 차례대로 씻곤 했는데 내 차례가 오면 뜨거운 물은 거의 없었다. 매일 책 한 장 읽을 시간도 없이 지쳐 쓰러져 잠이 들었다.

두 번째는 나무하기다.

석기 시대처럼 오직 아궁이에 불을 때 방을 따뜻하게 해야 했기 때문에 가을 추수가 끝날 무렵부터 본격적으로 겨울을 나기 위한 나무를 해야 했다.

'나무'에는 크게 가리나무(소나무잎)와 끌텅(나무를 베고 난 밑동), 그리고 잎은 떨어진 채 나무에 엉거주춤 붙어 있는 마른 나뭇가지가 있었다. 깔과 마찬가지로 나무도 온 동네 사람들의 경쟁이 거의 전쟁을 방불케 했다. 친구, 형들 몇 명이 함께 지게를 지고 동네로부터 더 먼 곳으로, 더 높은 산으로 올라갔다. 높고 험하고 경사가 심할수록 나무가 많았는데, 그런 곳을 발견하면 마치 산삼이라도 본 것처럼 기분이 좋았다. 신속하게 내 구역을 정해 놓고 낫으로 바닥을 깨끗하게 다듬어 놓은 다음 나무에 올라 낫으로 마른 가지를 자른다. 원숭이처럼 날렵하게 이 나무 저 나무로 옮겨 다니며 마른 가지를 잘라 사각으로 넓게 쌓은 후 이번에는 갈퀴로 가리나무를 긁어모은다. 어른 베개보다 약간 크게 직사각형 모양으로 한 아름씩 정성껏 각을 낸 다음 펴 놓은 나뭇가지 위에 차곡차곡 쌓아 올린 다음 다시 둥그렇게 나뭇가지를 대고 새끼줄로 묶으면 드럼통 5개 크기의 둥그런 가리나무가 완성된다. 우리는 그것을 '한 동'이라고 했다. 잠시 땀을 닦고 숨을 고른 후 한 동을 지게에 지고 집으로 향하는 길. 숨이 턱턱 막히고 잠시 식었던 땀방울이 다시 힘을 냈다. 나 혼자 산속 너무 깊은 곳으로 들어가 길을 잃고 헤매다 울던 일, 욕심에 내 키보다 몇 배를 지고 오다가 넘어져 데굴데굴 굴러 넘어졌던 일……. 서서히 나무하기의 달인이 되고 있었지만, 하루가 멀게 공부와는 멀어지고 있었다. 가난이 원망스러웠다. 학교에서 놀거나 집에서 책 읽고 지내는 친구들을 보면 한없이 부럽기만 했다.

세 번째는 담배 농사다.

담배 농사는 내가 해본 일 중 단연 극한이었다. 봄이 오면 우선 밭을 갈아 도랑을 만들고 비닐을 씌운다. 비닐에 조그맣게 구멍을 낸 다음 어린 모종을 심고 둥그렇게 흙을 살살 덮고 갓

난아기 트림시키듯 탁탁 몇 번 두드려 주면 첫 단계가 끝난다. 몇 번 비가 내리고 바람이 불면 어느새 나보다 더 크게 자란다. 비닐 아래쪽 고랑에 탐욕 가득 찬 잡초들이 진을 치기 시작하면 이미 30도가 넘는 한여름이다. 뙤약볕이 쨍쨍 내리쬐는 여름날 그 잡초를 베는 일은 어린 내가 감당하기에는 실로 힘에 겨웠다. 담뱃잎에 묻어 있는 진드기며 끈적한 액체가 머리부터 온몸에 달라붙어 머리를 감아도 그 끈적하고 기분 나쁜 느낌은 며칠이 갔다. 노랗게 담뱃잎이 익으면 그때 잎을 따게 된다. 이제부터가 진짜 시작이다. 모종 하나에 부채 크기만 한 담뱃잎이 10장 넘게 달리는데 잎이 상하지 않도록 정성스럽게 딴 후 지게에 지고 담배를 엮기 좋은 그늘 아래로 가지고 간다. 그런 후 온 식구가 나무 밑 그늘에 각자 자리를 잡고 앉아 약 5미터 길이로 한 잎 한 잎 엮은 다음, 다시 집으로 가지고 와 그늘에 매달아 말린다. 시간이 지나 갈색을 띠며 바싹하게 마르면 어느덧 겨울이 온다. 이제부터 아버지의 시간이다. 아버지는 잘 마른 담뱃잎을 내다 팔기 위해 한겨울 밤을 새우며 묶음을 만들었다. 그러고 봄이 되면 시장에 내다 팔았다.

부모님은 평생이 일이었다. 가진 것 없이 남의 땅에 농사를 지어 자식 다섯을 먹여 살려야 했으니……. 그런 와중에 자식 공부에 신경 쓸 여력은 없었다. 아무리 내가 부모님을 열심히 돕는다고 해도 생활은 좀체 나아지지 않았다. 매일 아침이 오는 것이, 해가 뜨는 것이 두려웠다. 내일이 오지 않으면 얼마나 좋을까라고 기도하며 잠들었다. 그 당시 내게 소원이 하나 있다면 부모님으로부터 한 번만이라도 '제발 공부 좀 해라!'라는 말을 듣는 것이었다.

어느 날 상고 시절

초등학교 졸업이 가까워졌다. 순창에서는 더 이상 송구를 할 수 없었기 때문에 선택의 기로에 섰다. 남원에 있는 중학교로 진학해 운동을 계속할 것인지, 아니면 순창중학교에 들어가 공부할 것인지, 한동안 고민의 연속이었다. 이미 남원에서 실력을 검증(?) 받은 터라 송구를 계속하기도 쉽지 않았다. 그러나 체육 선생님만큼은 여전히 나의 잠재력을 인정해 주었다.

"니는 꼭 국가 대표가 될 기다."

선생님은 틈만 나면 남원으로 가서 입학할 학교를 알아보고 오셨다.

"선생님. 저 이제 송구 그만하겠습니다."

한동안 선생님과 옥신각신 줄다리기가 이어졌다. 결국 국가대표(주전 공격수)의 꿈을 포기하고 순창중학교에 입학했다.

중학교는 집에서 10킬로 정도 떨어진 곳에 있었다. 가난한 집안 살림에 매일 버스를 타고 다니기가 쉽지 않았다. 곧 부서질 것 같은 낡은 자전거 한 대를 싸게 사서 타고 다녔다. 책가방을 메고 포장이 전혀 안 된 울퉁불퉁한 길을 자전거를 타고 가는 것도 어린 내게는 여간 고역이 아니었다. 자전거가 나보다 훨씬 컸다.

학교에서 실컷 놀고 어둑해서 집으로 돌아오는 길. 귀신이 나온다는 무시무시한 모퉁이를 지날 때면 멀리서부터 머리가 쭈뼛쭈뼛 섰다. 미리부터 속력을 올려 순식간에 지나가곤 했는데 어떤 때는 진짜 뒤에서 귀신이 잡아당기는 듯 바퀴가 헛도는 것 같았다.

오가는 길이 너무 힘들어 2학년 때부터는 읍내에 조그마한 방을 얻어 형과 함께 자취했다. 손바닥보다 조금 큰 방이었다. 80세가 넘은 주인 할머니는 꼼꼼하고 까다로운 성격이라 방세가 하루라도 밀리면 어김없이 잔소리를 퍼부어 댔다.

"내일까지 방값 꼭 가져와야 한다. 알았지? 그리고 전기세 많이 나오니까 9시 되면 불 끄고 얼른 자, 물도 아껴서 쓰고." 순사巡使처럼 몇 시에 불을 끄는지, 쌀 씻을 때 물을 얼마나 쓰는지 지켜보고 계셨던 모양이다.

가난은 순창까지 나를 따라와 괴롭혔다. 연탄 살 돈이 없어 시골에서 가져온 나무로 불을 때 저녁밥을 했다. 여전히 구석기 시대에 살고 있는 것 같았다. 어머니한테서 밥하는 방법을 배우긴 했지만, 처음에는 태우기 일쑤였다. 한겨울 수도에서 물을 뽑어 보리쌀과 쌀을 7:3의 비율로 씻고 나면 손이 얼얼했다. 물을 적당히 붓는 것도 중요했지만 김이 나기 시작할 때부터 불 조절이 중요했다. 아무 생각 없이 불에 취해서는 안 된다.

반복의 힘. 금방 밥 도사(?)가 되었지만 문제는 또 있었다. 밥을 지어 뜨끈했던 방이 새벽 두세 시가 되면 알람을 맞춘 것처럼 차갑게 식어 버렸다. 이불 몇 개를 뒤집어써도 그냥 두지 않겠다는 놀부 심보처럼 추위는 밤새 나를 부둥켜안고 놓아주지 않았다.

중학교 시절 나는 영어에 관심이 많았다. 영어 선생님이 여자 선생님이기도 했고 또 내게 자주 칭찬해 주셨기 때문에 더욱 영어를 좋아했다. 이다음에 크면 나도 멋진 영어 선생님이 되어야겠다는 생각을 종종 했다. 얼마 후 형은 전주에 있는 고등학교로 진학했는데 나도 형처럼 전주로 유학(?)을 가고 싶었다.

고등학교 입시가 시작되었을 무렵 아버지가 조용히 나를 불렀다.

"우리 집 사정을 너도 잘 알제? 너를 인문계 학교에 보낼 형편이 안 된다. 형 하나도 힘드니 너는 농고를 가라. 장학생으로 갈 수 있으니까. 경운기도 중고로 좋은 거 한 대 사 줄 테니."

하늘이 노랬다. 순창을 꼭 떠나고 싶었다. 여전히 6·25전쟁 직후처럼 가난에 찌든 이곳. 여기에 있다가는 일만 하다 죽을 것 같았다. 아버지가 원망스러웠다.

술만 드시면 아버지는 신세 한탄하듯 말씀하셨다. "나는 둘째로 태어나 초등학교도 못 가봤다. 그래도 여기저기 열심히 다니면서 한글도 다 익히고 한자도 배우고, 침도 배웠다. 뭐든 자기가 하기 나름이다. 그리고 꼭 공부가 중요한 것이 아니다."

마지막 말씀은 항상 '예절 바른 사람, 정직한 사람이 되라는 것'이었다.

큰아버지는 육군 대위로 복무하시다가 6·25전쟁 때 이마에 총상을 입고 전역을 했다. 나는 늘 큰집이 부러웠다. 우리 집에 비해 월등히 잘살았기 때문이다. 논도 우리보다 훨씬 많았고 식구들은 많았지만 일은 그렇게 많이 하는 것 같지 않았다. 나중에는 내가 전주에서 고등학교에 다닐 때 원호(보훈) 대상자였던 큰아버지의 약을 타기 위해 자주 보훈 병원에 가곤 했었다. 그렇게 둘째라는 이유로 당신도 초등학교도 가보지 못하셨는데 어떻게 나에게 농고를 가라고 하실 수 있는지 이해가 가지 않았다.

'안 됩니다. 저도 형처럼 전주에 있는 고등학교에 가겠습니다. 보내주세요.'라고 큰소리로 대들고 싶었지만 입이 떨어지지 않았다.

어렸을 적 아버지가 술에 취해 물건을 마구 집어던지고 어머니에게 화풀이를 할 때마다 큰집으로 도망간 적도 많았기에 아버지의 심기를 건드릴 수 없었다.

며칠을 고민한 끝에 전주상고에 가겠다고 말씀드렸다. 어차피 상고도 돈이 들지 않는다고 아버지를 설득했다. 어쩐 일인지 아버지는 흔쾌히 허락했다. 돈이 안 들어가는 것 때문이었는지도 모른다.

그렇게 바라던 대로 나는 우리 집을 탈출했다. 목적지는 전주상고였다. 비록 상고라는 이름 외에는 아무런 정보도 없었지만 막상 입학하고 보니 명문(?)중의 명문이었다. 전주상고는

1937년에 전주공립중학교로 설립되었다가 전주남중으로 분리된 후 20여년이 지나 전주상고로 개칭 분리되었고, 2002년에는 전주제일고등학교로 이름이 변경되었다. 유구한 역사에 걸맞게 수많은 선배들이 명문 대학 진학은 물론 상고 특성답게 은행을 비롯한 금융권에 많이 취업하여 상고의 전성기를 구가하고 있었다. 나는 직접 못 봤지만 1970년대 초에는 야구부도 있었다고 들었다. 하마터면 시골 농고에서 경운기를 몰고 있을 뻔했으니 그래도 용기를 내어 아버지를 설득한 내 자신이 대견했다.

학교는 기린봉 아래에 자리 잡고 있었는데 '빛구름 피어나는 기린봉 기슭'으로 시작되는 교가는 늘 정겹고 힘이 느껴졌다. 그렇지만 상고 교과 과정은 나에게 다소 생소했다. 특히, 차변이니 대변이니 하는 '부기'란 과목은 늘 너무 어려웠다. 다행이 주산은 흥미로웠다. 예전 TV 프로그램인 〈묘기대행진〉에서 십만 단위까지 암산을 척척 해내던 그 경이로운 과목을 배우게 되었으니……. 1원이요, 39원이요. 7,328원이요. 127,596원이요, 597,337원이요. 선생님이 불러주는 숫자를 100미터 달리기하듯 손으로 쫓아가며 주판알을 튕길 때의 그 삼엄하고도 일사분란함이란. 숨을 쉴 수가 없었다. 잠시 숨을 쉬면 그대로 절벽 아래로 곤두박질치는 기분이었다. 5, 6급 주산 문제부터 시작하여 연습을 거듭한 끝에 2학년 초에 2급 자격증을 취득했다. 3학년이 되어 은행 등에 취직하려면 주산과 부기 모두 2급 자격증을 취득해야 했는데 부기는 3학년 1학기가 지나서야 겨우겨우 2급을 땄다.

상고 때는 농구에 푹 빠졌다. 핸드볼을 계속하지 못한 울분 때문이었는지 몰라도 10분 쉬는 시간도 아까워 농구장으로 갔다. 수업이 시작되는 줄도 모르고 농구에 열중하다가 교실에 늦게 들어가 농구공을 압수(?)당한 적이 한두 번이 아니었다. 학교생활에는 크게 문제가 없었지만 처음 기대와는 달리 상고는 내 적성과 거리가 있다고 느껴졌다. 후회해도 때는 이미 늦었고, 그 후회는 온전히 나의 책임이었다. 비록 내 적성에 맞지 않았지만 시험 때만 되면 어떻게든 밤을 새워 공부한 덕분에 성적은 항상 반에서 1, 2등을 놓치지 않았다.

졸업이 가까워지자 하나둘씩 친구들의 취직 소식이 들렸다. 나도 운 좋게 증권 회사 추천을 받아 시험을 봤지만, 그간의 게으름 때문이었는지 보기 좋게 낙방하고 말았다. 합격으로 멋지게 상고 시절을 마감하고 싶었지만, 막상 불합격하고 보니 어디에서도 낯을 들 수 없었다. 형처럼 인문계고등학교를 못 가게

한 아버지가 원망스러웠고, 무턱대고 상고를 선택한 나 자신을 원망하는 시간이 많아졌다. 나에게 어울리지 않음을 알면서도 껄렁껄렁(?)한 친구들을 따라다니며 담배를 피우고 술도 마시는 일탈이 한동안 이어졌다.

제2장

내 삶에 멈춤은 없습니다

달리면 보이는 것들

물은 끓고 난 다음에 수증기를 발생시킨다. 엔진은 증기 게이지가 212도를 가리키기 전에는 1인치도 움직이지 않는다. 열정이 없는 사람은 미지근한 물로 인생이라는 기관차를 움직이는 사람이다. 이때 일어날 수 있는 오직 한 가지 현상, 그는 멈춰 버리고 말 것이다. 열정은 불 속의 온기이며 모든 살아있는 존재의 숨결과 같은 것이다.

- 주타번

전주 벚꽃 마라톤 현장.

두 눈을 질끈 감고 출발 총성을 기다렸다. 얼마나 기다렸던 순간이었는가!

여기저기서 준비 운동을 하는 사람들을 힐끗힐끗 쳐다보는데 자신감이 뚝 떨어졌다. 풀코스에서 5킬로미터 건강 마라톤에 이르기까지 여러 코스 중에 왜 무모하게 풀코스를 선택했는지 잠시 후회가 되었다.

다른 사람보다 한 발짝이라도 먼저 출발해 보려고 맨 앞으로 비집고 나가는 순간 총성에 화들짝 놀랐다. 이등병 때 신물 나게 들었던 그 소리를 다시 들으니 먹먹해진 심장이 중대장처럼 명령을 내렸다.

출발, 너는 할 수 있다.

반복되는 안내 방송에 몇 번이고 매트를 밟은 후에야 안심하고 뛰어나갔다. 200미터를 달려 운동장 정문을 빠져나가려는데 숨이 턱 막혔다. 많은 시민들이 들꽃처럼 길 양쪽으로 늘어서 함성을 지르며 박수를 보내고 있는데 발이 잘 떨어지지 않았다. 한 달 전부터 직원들에게 마라톤 풀코스에 도전한다고 큰소리치고 내일은 휴가까지 냈는데…….

호흡을 가다듬고 하늘을 보았다. 겨우내 호강했던 먹구름은 길을 잃었고 찬란한 봄 하늘만 마냥 즐거운 듯 제정신이 아니었다. 오른발을 힘껏 내디디며 이를 '악'물었다. 약간 속도를 냈다. 발걸음이 날아갈 것만 같았다. 이대로라면 금강산 꼭대기를 박차고 신의주까지도 한달음에 달려갈 것 같았다. 5킬로미터쯤 달렸을까. 아랫배에 중압감이 밀려오기 시작하더니 급기야 붕괴 조짐까지 감지됐다. 이 무슨 불상사인가. 수험생처럼 만반의 준비를 다 한다고 호들갑을 잔뜩 떨었는데. 이를 어쩐다? 휙 지나가는 노련해 보이는 아저씨에게 해결 방법을 물었더니 너무 싱겁게 대답한다. 퍼내야지. 뭘 어떻게 해. 아, 그렇구나.

한국 최고 기록 2시간 7분 20초. 현재 컨디션으로는 가능할 것 같았다. 그런데 이게 웬일. 10킬로미터 통과 시간을 보니 56분이었다. '아니 이럴 수가. 너무 늦었잖아.'

물을 한 컵 낚아채 반 모금 마시고 도로 쪽으로 힘껏 던졌는데 손이 빠지는 줄 알았다. 서서히 숨이 가쁘고 장딴지에 무게감이 밀려왔다. 이제 고작 4분의 1 뛰었는데 지친다고 생각하니 까마득했다. 무모한 도전인가. 큰소리부터 치던 나 자신이 미웠다. 20킬로미터까지 2시간을 목표로 정했다.

가만히 한 달간의 연습 과정을 떠올려 보았다. 선배의 동아

마라톤 완주 자랑에 도전을 선언하고 연습에 들어갔다. 연습 첫 날 100미터도 채 달리지 못하고 숨을 헉헉거리며 걸었다. 시작은 언제나 힘들다. 조용히 포기할까. 며칠간 나 자신과의 줄다리기가 이어졌지만, 선택은 포기가 아닌 도전이었다.

매일 새벽 다섯 시 반에 일어나 장흥 탐진 강변을 달렸다. 강가라 그런지 짙은 안개가 단단하게 진을 치고 있는 날들이 많았다. 그것이 내 미래를 가로막는 벽으로 느껴졌다. 그동안 얼마나 많은 날들을 나는 벽 앞에서 좌절했던가. 그 벽의 이름은 가난과 대학 실패라는 열등감이었다. 크고 작은 벽들이 '넘을 테면 넘어봐!'라고 잔뜩 인상을 쓰고 있는 것 같았다. 내가 넘지 못하면 이 벽들은 더 신이 날 것이다. 나는 이 벽을 뛰어넘기로 마음먹었다.

속도를 냈다. 한참을 달렸는데 꿈속처럼 편안했다. 아무리 속도를 내도 숨이 차지 않았다. 서서히 안개가 걷혔다. 어쩌면 그 벽들은 내가 겁먹고 스스로 세워놓은 한계였다. 마치 어린 코끼리가 자신을 매어놓은 강한 말뚝에 길들어 거대한 몸집이 되어서도 그 말뚝을 벗어날 생각을 못 하는 것처럼. 내 전력 질주에 벽들이 차례대로 무너져 내렸다.

저녁에는 공설 운동장 외곽을 20바퀴씩 돌았다. 짧은 연습 기간에다가, 중간에 축구 시합을 하다가 종아리를 다쳐 일주일간 연습을 못하기도 했다.

5월인데 벌써 태양이 뜨거웠다. 20킬로미터 지점이다. 초코파이와 물이 보였다. 두 개를 덥석 들어 게 눈 감추듯 먹어 치웠다. 이렇게 달콤한 초코파이는 처음이었다. 뛰는 내내 하나 더 못 먹은 아쉬움에 달리기에 집중이 되지 않았다. 20킬로미터를 2시간에 주파했고 계획대로 잘 되어 가고 있었다. 마의 30킬로미터 지점. 깊이 숨을 들이마시고 등에 '4시간'이라고 써 붙여진 여자 페이스메이커를 따라붙으며 욕심을 냈다. 이미 한국 신기록은 포기했기에 4시간 완주를 목표로 다시 수정했다. 페이스메이커를 따라가다 보니 점차 내 페이스가 흐트러졌다. 뛰어도, 뛰어도 30킬로미터 지점이 보이지 않았다.

잠시 걸어 보았다. 걷기조차 힘들었다. 도로변에 잠깐 앉았다. 엊그제까지 수줍어하던 벚꽃들이 오늘은 막무가내로 시끄럽다. 파릇파릇한 보리들이 힘차게 솟아나고 있었다. 나도 보리처럼 힘차게 팔을 흔들어 보았다. 발끝에서부터 모든 세포들이 일제히 정신을 차린 듯 온몸에서 힘이 느껴졌다. 다시 달렸다. 옆 사람에게 들리지 않게, 속으로 버럭버럭 소리를 질러대며 내달렸다.

인생은 마라톤이다. 중요한 것은 포기하지 않고 전진하는 것이다. 크든 작든 도전은 아름답다. 휠체어를 타고 풀코스를 완주하는 사람들. 목발을 짚고 도전하는 사람들. 70의 나이에도 벌써 10번째 풀코스를 도전한다며 나를 일으켜 세우시던 그 할아버지의 담대한 눈빛. 그들을 보는데 나 자신이 부끄러웠다. 조그만 실패에도 쉽게 좌절하고 포기하려 했다. 늘 다른 사람과 비교하며 열등감의 집을 짓고 힘들어했다. 휙휙 나를 추월하는 사람들. 내가 이기려는 것은 저 사람들이 아니라 나 자신이다. '빠르고 느리고'가 무슨 상관인가!

내가 두려워할 유일한 것은 느림이 아닌 '멈춤'이다!

이제 뒤는 돌아보지 않기로 했다. 꼴찌면 어떠하랴. 나 자신에게 한 약속을 지키면 되는 거지. 아주머니 한 분이 내 앞을 지나쳤다. 35킬로미터 지점. 이제 결정을 내려야 할 것 같았다. 포기할 것인가, 나아갈 것인가. 다시 잠시 앉았다. 단단해진 종아리는 이제 금방이라도 터질 것 같았다. 풀코스는 정말 장난이 아니었구나. 기어서라도 5시간 안에 들어가야 하는데. 그러지 않으면 모두 철수하고 교통 통제도 해제한다고 했는데. 이를 악물고 물

묻은 스펀지를 온몸에 문지르고 나를 밀고, 끌고 다그쳤다.

드디어 40킬로미터. 골인 지점이 얼마 남지 않았다. 아들 얼굴이 눈앞에 어른거렸다. 출발 때보다 더 빠른 속도로 골인 지점을 향했다. 난생처음 느껴보는 이 카타르시스. 메인스타디움 전광판 시계를 보니 4시간 35분을 향하고 있었다. 트랙에 들어섰다. 아내가 먼저 나를 알아보고 환호성을 지르며 아들과 함께 오고 있었다. 잠깐 멈췄더라면 눈물을 보일 것 같아 맹렬히 달렸다. 무슨 생각을 했던지 손도 치켜들지 못하고 골인 지점을 통과했다. 아들을 번쩍 들어 올렸다.

살아가는 동안 우리를 가로막는 많은 벽 앞에 직면한다. 어떤 사람에게는 외모나 건강이 벽이 되기도 하고, 어떤 사람에게는 가난이 벽이 되기도 하고, 또 어떤 사람에게는 자라난 환경이나 나약한 정신이 벽이 되기도 한다. 그 벽 때문에 자주 상처받고 괴로워하고 넘어지기도 한다. 그 벽은 무너졌다가도 소리 없이 똬리를 틀고 또 나타날 것이다. 그렇지만 그러한 벽들이 때때로 자신을 더 강하게 단련시키고 성장시키는 선물이 될 수 있다. 벽 앞에서 멈출 것이 아니라 겸허하게 받아들이고 용기를 내어 부딪혀보자. 오늘 나는 내 앞의 벽을 힘차게 뛰어 넘었다.

무작정 상경 그리고 외판원

열 번 전화해서 한 통화가 성공되었을 때, 염세주의자는 이것을 10%의 성공률로 본다. 그러나 성공적인 세일즈맨은 하나를 판매하기 위해 아홉 번 거절당해야 한다는 것을 잘 알고 있다. 거절을 승낙의 주춧돌로 바라봄으로써 세일즈맨은 목표를 달성할 때까지 인내할 수 있는 것이다.

-세스 고든 보고서

쓸쓸한 고등학교 졸업이었다. 졸업식에도 가지 않고 몇몇 친구들과 소주를 마시며 신세 한탄을 했다. 취업을 이미 한 친구들, 학력고사를 보고 대학에 합격한 친구들이 마냥 부러웠다. 꿈을 향해 전진하는 친구들을 보며 뭔가 돌파구가 필요했다.

졸업하자마자 친한 친구 세 명이 각자 20만 원씩 돈을 마련하여 서울로 향했다. 서울은 휘황찬란했지만, 막상 우리를 반겨주는 곳은 어디에도 없었다. 하늘을 찌를 듯이 높이 솟은 빌딩들, TV 만화 〈은하철도 999〉처럼 엄청난 속도의 지하철, 바쁘게 뛰어다니는 수많은 사람 속에 나 혼자 서울이라는 섬에 꽁꽁 묶여 있는 것 같았다. 나만 빼고는 모두가 행복해 보였다. 우리는 여관에서 잠을 자며 틈만 나면 명동을 배회했다. 태어나 처음으로 파마도 해보고 나이트클럽도 가봤다. 그렇게 아무 생각 없이 놀다 보니 수중의 돈은 금방 바닥이 났다.

앞으로가 암담했다. 시골로 다시 내려가 내 주특기를 살려 농사일이라도 해야 할까. 내가 제일 잘하는 것이 어쩌면 농사였다. 그러나 말도 안 되는 생각이었다. 호랑이보다 더 무서운 것이 내게는 시골 일이었다. 돈이 다 떨어져 며칠을 거의 물만 먹고 지냈다. 처절하게 서울에 남겨진 셋.

일을 해야 했다. 한동안 청계천 부근 전봇대만 올려다보며 구인 광고를 찾았다. 그렇지만 시골에서 막 올라온 아무 기술도 없는 우리를 기다리고 있는 일자리는 없었다. 며칠을 헤매던 중 전봇대에 붙어 있는 외판원 모집 광고를 보고 전화를 하여 사무실이 있는 7층 건물로 갔다. 자칫하다 쥐도 새도 모르게 팔려가면 어쩌나 하는 생각에 셋이 손을 단단히 움켜잡고 사무실로 들어갔다. 사무실은 열기로 가득 차 있었다. 한쪽에서 우리보다 먼저 온 사람들이 큰 소리로 뭔가를 계속 떠들어댔다.

우리는 팀장 앞으로 갔다.

"너희들 어디서 왔냐?"

"전주에서 왔는데요."

다짜고짜 반말이었다.

"학교는? 중학교는 졸업했냐?"

"다 상고 졸업했는데요."

"그러면 됐어. 오늘부터 일해."

"무슨 일인데요."

말이 나오기 무섭게 종이 두 장씩을 나누어 주며 읽어 보고 내일까지 외워 오라고 했다. 그곳은 유아용 완구 교재를 판매하는 곳이었다. 태어나서 다섯 살 정도까지 가지고 놀 수 있는 나무로 만든 교재였다. 갓난애가 있는 엄마들을 설득하기 위한 일종의 판매 교본이었다.

'몬테소리'라는 이름을 그때 처음 들었다.

"어머니, 몬테소리는 이탈리아의 의사, 철학자이자 유아 교육의 창시자입니다. 사람은 태어나서 세 살 정도가 되면 지능의 거의 전부가 완성이 됩니다. 그렇기 때문에 세 살까지의 성장 골든 타임을 절대로 놓쳐서는 안 됩니다. 이 교재로 말할 것 같으면 세상에서 가장 부드러운 나무로 만들었습니다. 아기가 자연스럽게 만지며 놀기만 하면 시각, 청각, 후각의 각 기능과 더불어 지능이 폭발적으로 발달합니다."

그때 외운 내용이었다. 내용이 맞는 말인지 아닌지 우리가 알 바 아니었다. 나도 목이 쉴 정도로 큰 소리로 읽기를 반복했다. 내일부터 당장 영업을 시작해야 했으니까.

우리들의 타깃은 명확했다. 아침 일찍 완구 두 세트를 어깨에 둘러메고 무조건 하얀 천 기저귀가 걸린 집을 찾는 것이 첫 번째 목표였다. 두 번째는 어떻게든 문을 열도록 하여 방 안으로 진입(?)하는 것이었다. 기저귀가 걸린 집은 대부분 쪽방이었다. 그러나 완구를 사는 것은 고사하고 문을 열어 주지 않는 집이 대부분이었다. 그럴 때면 가스 점검을 나왔다고도 하고, 신문사에서 나왔다고 둘러대기도 했다. 비록 완구를 구입하지는 않았지만, 살을 에는 듯한 추위에 문을 열어 주며 따뜻한 보리차 한 잔을 건네주던 그 한 아주머니의 손길이 얼마나 고맙던지.

매일매일 하나도 팔지 못하고 사무실로 돌아올 때의 그 무거웠던 발걸음. 금방이라도 내 유아 교육에 대한 전문성(?)에 감탄하며 판매 계약서에 서명하려고 할 때는 얼마나 흥분이 되었던가. 그럴 때면 0.1초도 틈을 주지 않고 볼펜을 건네며 다급하게 사인을 요구했다. 그 짧은 순간 아주머니가 이성을 되찾고 사인을 망설이며 남편에게 전화해 보고 결정하겠다고 다이얼을 돌릴 때 그 불길한 심정이란. 남편의 말을 듣고 청천벽력처럼 "다음에 사겠습니다."라고 말했을 때 나는 이미 초주검 상태가 되었다. "이렇게 좋은 교재를 남편 말을 듣고 결정하신다니요." 몇 번을 설득해도 한번 돌아선 마음은 요지부동이었다. '다음에 은혜를 갚겠으니 한 번만 사 주세요.'라고 애원이라도 하고 싶었다.

긴장이 풀렸는지 일어나려는데 발이 저렸다. 냉수 한 잔을 더 얻어 마시고 가까스로 문을 열고 나설 때가 한두 번이 아니었다.

발이 부르트도록 동대문 일대 기저귀가 걸린 집들을 거의 이 잡듯이 돌아다녔지만, 결과는 신통치 않았다. 어떤 때는 이미 갔던 집을 또 가고 또 간 적도 있었다. 6개월 동안 거의 한 달에 한두 개 파는 데 그쳤다. 더 이상 버틸 자신이 없었다. 기저귀 걸린 집을 찾는 것도 이제 쉽지 않았고 문을 열어주는 사람도 거의 없었다. 내 삶이 문이 꽉 막힌 것 같은 절망감에 새로운 길을 찾기로 결심했다.

6개월 동안의 외판원 생활은 소중한 경험이었다. 갓 서울에 올라왔을 때는 시골 쥐처럼 모든 게 낯설었다. 거대한 빌딩, 화려한 불빛 속에서 이방인처럼 맴돌았다. 처음에는 초인종도 누르지 못하고 여러 집을 지나치기 일쑤였다. 집에 들어가서도 잘못한 것도 없는데 마치 죄지은 사람처럼 아주머니들 얼굴도 똑바로 바라보지 못했다. 설명할 내용을 완벽하게 외웠다고 생각했는데 막상 초보 운전자처럼 멈칫멈칫하다가 뒤돌아서던 때도 있었다. 시간이 지나면서 그런 어려움들은 너무나 단순한 것들이 되었다. 비록 큰 실적은 없었지만, 서울 한복판에서 나는 조금씩 성장하고 있었다.

언론사로 출근합니다만,

외판원을 그만두고 일할 곳을 찾아야 했다. 숙식을 해결할 수 있는 곳. 신문사였다. 이번에는 도봉구 쌍문동으로 갔다. 나는 ○○일보, 친구 2명은 ○○일보 보급소에 둥지를 틀었다.

"이제부터 우리는 대한민국의 언론인이다. 언론 발전을 위해 부지런히 뛰자."

친구가 말했다.

"당연하지, 이 지역 언론은 내가 담당한다. 주민들에게 가장 빠른 뉴스를 전한다."

나도 맞장구를 쳤다.

신문 배달하는 사람, 배달을 거꾸로 말하여 속된 말로 '딸배'라고 불렀다. 참으로 듣기 거북했다. 한 달 수당은 2만 원에서 4만 원 정도였는데 찬밥, 더운밥 가릴 처지가 아니었다. 배달하면서 대학 입시를 위해 서울역 부근에 있는 대입 학원에 다니기로 마음먹었다. 한 친구는 새벽 배달 후 낮에는 라디오 부품 제조 공장을 다녔다.

밤에 일하고 낮에 공부하는 야경주독(?) 생활이 시작되었다. 잠을 재워준다고 했지만, 자그마한 방에 딸배 5~6명이 자야 할 정도로 비좁았다. 조간신문 배달을 위해서는 매일 새벽 2시에 일어나야 했다. 일찍 일어나는 정도가 아니라 남들 다 자는 고요한 시간에 일어난다는 것은 여간 고역이 아니었다. 일어나자마자 3~4종 되는 광고지를 신문 사이에 끼워 넣는 작업이 먼저였다. 광고지는 보급 소장에게는 순수입이었다. 그렇기 때문에 소장이나 총무는 수시로 광고지 유치 영업을 했다. 당시에 아파트나 빌라 분양 광고지가 많았는데 그런 광고지가 신문의 무게를 배가시켰다. 광고지가 많이 들어가 보급소장의 얼굴에 웃음꽃이 필 때마다, 딸배들의 얼굴은 일그러졌다.

배달할 구역에 대하여 전임자로부터 인수를 받아야 했는데 종이를 길게 접어 첫 번째 집부터 200번째 마지막 집까지 일일이 배달 지도를 만들었다. '좌회전해서 세 번째 감나무 있는 집, 왼쪽으로 꺾어 2층 집.'이런 식으로 자세하게 메모했다. 그리고 눈에 익숙해지도록 하루 종일 그 지도를 보고 몇 바퀴를 돌았다.

첫날 광고지가 잔뜩 끼워진 신문 200부를 어깨에 메고 전임자 뒤를 쫓아갔다. 전임자는 나한테서 신문을 받아 두 번 접은 후 능숙하게 던져 넣으며 시범을 보여줬다. 순식간에 접어진 신문이 바람처럼 문틈 사이로 들어갔다. 내 차례다. 접는 것도, 던지는 것도 생각보다 어려웠다. 세상에 처음부터 쉬운 일이 어디 있으랴. 하루, 이틀 접고 던지고를 반복하니 차츰 성공 빈도가 높아지기 시작했다.

반복의 진리(?)를 다시 실감했다. 나는 아무리 어려운 일도 '하면 된다'고 믿었다. 그것이 창조의 영역이 아니라면. 100미터 달리기를 하듯 2층, 3층까지 던져 넣는 것도 얼마 지나지 않아 식은 죽 먹기였다.

한 달이 못 되어 딸배 일에 적응했다. 200부를 2시간 만에 모두 돌리고 나니 5시. 시간에 여유가 생기자 한 구역을 더 신청했다. 3시부터 7시까지 마라톤을 하듯 500부를 돌리고 나면 파

김치가 되었다. 그렇지만 그게 끝이 아니었다. 신문이 안 들어왔다는 전화. 비에 젖었다는 전화, 신문 그만 보겠다고 했는데 또 넣었다고 노발대발하는 속칭 '깡치' 전화까지. 그런 전화가 오면 소장의 불호령이 떨어졌다. 수당에서 공제할 테니 잘하라는 반 협박 소리가 얼마나 무서웠던지. 신문 하나를 다시 가져다주는데 30분이 넘게 걸린 때도 있었다. 그야말로 쥐꼬리만 한 수당 때문에 나는 매월 가불을 해야만 했다. 나도 모르는 사이에 '가불 인생'이 되었다. 두 구역을 배달해도 교통비에 학원비를 감당하기가 버거웠다.

아침을 먹고 졸린 눈을 비비며 지하철을 타고 도착한 서울역 근처의 학원. 중간에 졸아 몇 정거장을 더 간 적도 많았다. 내가 그토록 좋아하는 쩌렁쩌렁한 영어 선생님의 목소리도 부드러운 자장가로 들렸다. 수업이 시작되기 무섭게 졸기 일쑤였고, 때로 코를 골기도 했다.

어느 날 배달을 마치고 쌍문역 계단을 막 빠져나오는데 말쑥하게 정장을 차려입은 아저씨 한 분이 100원을 내밀며 신문 한 부를 달라고 했다. 처음으로 수당 외 수입(?)이 생겼다. 그 100원이 얼마나 커 보였는지 계단을 내려가는 아저씨를 향해 고개를 숙이며 몇 번이나 "고맙습니다."를 연발했다. 걷는데 눈물이 났다. 그리고 마음이 아팠다. '눈물 젖은 빵을 먹어보지 않고는 인생을 논하지 말라.'는 그 말이 뼈에 사무쳤다.

이 순간을 평생 마음속에 간직하고 우물을 나와 세상에 용기 있게 맞서는 개구리가 되기로 마음먹었다. 이다음에 성공해서 나 같은 딸배를 보면 신문 한 부를 1,000원에 사줘야겠다는 생각도 했다. 미약했지만 포기하지 않고 노력하고 있는 나를 발견했다. 그렇게 나는 새벽을 달리고 또 달리며 부르짖었다.

내 시작은 미약하였으나 나중은 심히 창대하리라!

뱁새

친구들 중에는 인문계 고등학교에 진학하여 서울에 있는 유명 대학에 합격한 친구도 더러 있었다. 중학교 때까지는 서로 비슷하게 공부를 잘했었는데……. 앞이 보이지 않는 망망대해를 나침반도 없이 항해하는 돛단배처럼 작은 바람에도 나는 늘 이리저리 흔들리고 있었다. 대학에 가지 못했다는 지독한 열등감이 늘 나를 괴롭혔다. 잘못된 선택이라고 생각했지만, 상고에서도 늘 성적은 상위권이었는데, 지금은 대학은 고사하고 오갈데 없는 고아처럼 새벽마다 신문을 돌리는 자신을 생각하니 받아들이기가 쉽지 않았다.

그러나 언제까지 과거만, 현실만 탓할 수는 없었다.

서울대 체육 교육과를 목표로 정했다. 그래야 상처 난 자존심과 열등감에서 조금은 헤어 나올 것 같았다. 하늘은 스스로 돕는 자를 돕는다고 하지 않았던가. 초등학교 때 '국가 대표'라는 별명을 가질 정도로 뛰어난(?) 핸드볼 선수였고, 나름 운동신경이 뛰어났기 때문에 1년 동안 열심히 공부하면 충분히 해볼 만하다고 생각했다. 신문 배달이 끝나자마자 씻고 아침을 먹는 둥 마는 둥 곧바로 전철을 타고 서울역 부근에 있는 학원으로 향했다. 국어, 영어, 수학 수업을 듣고 학원 자습실에 남아 밤늦게까지 공부했다. 그러나 새벽에 5시간 동안을 달리고 공부하려니 몸과 마음이 늘 따로 놀았다. 늘 잠이 부족해 전철 안에서도 잠이 들어 학원을 지나치거나 되돌아올 때 종점인 의정부까지 가는 일도 종종 있었다.

11월에 원서를 접수하고 학교를 둘러보니 마음은 이미 합격이라도 한 듯 날아갈 것 같았다. 내가 있어야 할 곳에 와 있다고 생각했다. 행복했다. 잠시 현실을 잊고 행복의 꿈을 꾸는 신데렐라처럼. 그러나 거기까지였다. 마지막까지 사력을 다했지만, 학력고사 점수는 예상에 크게 미치지 못했다. 나는 뱁새였다. 일장춘몽. 한순간 황새가 되는 꿈을 꾸었다. 의욕만으로, 정신

력만으로 한계가 있다는 것을 뼈저리게 느꼈다.

하늘이 울어야만
사나이가 운다던데

2년간 신문 배달을 하며 도전한 대학 진학은 참담한 실패로 끝났다. 충격 때문에 며칠을 멍하니 누워 지냈다. 모든 게 끝나버린 것처럼 몸과 마음이 힘들었다. 뭔가 돌파구가 필요했던 차에 군대는 좋은 피난처였다. 형이 먼저 입대했었기에 1년 사이로 아들 둘이 입대하는 것이어서 부모님의 눈물은 마를 날이 없었다. 1988년 5월 17일. 온갖 회한을 뒤로하고 입소한 논산 훈련소 29연대 무적 7중대. 워낙 손재주가 없어서 총검 분해 조립은 항상 늦기 일쑤였다. 제식 훈련, 각개 전투, 화생방 훈련이 이어졌다. 10분간의 휴식 시간에 피우는 한 모금의 담배 향기는 잠시나마 모든 과거를 날리고도 남았다.

훈련 마지막이었던 50킬로미터 행군은 지옥이었다. 출발하려는데 비가 슬슬 내리기 시작했다. 그 뜨거운 여름날 완전 군장을 하고 판초 우의(비옷)까지 걸치니 숨이 막혔다. 얼마 가지 못해 비가 점점 거세게 내려 군화 속의 양말까지 흠뻑 젖었고, 여분의 양말, 건빵도 모두 비의 먹잇감이 되어 버렸다. 비만 신나고 행복해 보였다. 정신없이 걷는 사이 어둠이 밀려왔고 반환점인 산 정상을 앞에 뒀다. 완전 군장을 하고 비로 온몸이 젖어 한발도 내딛기가 쉽지 않았다.

비몽사몽 고개를 올라가던 중 나도 모르게 골짜기로 굴러떨어졌다. 어딘가를 심하게 부딪친 것 같았는데 아픈 데가 없었다. 마치 꿈속에서 높은 곳에서 떨어졌는데 멀쩡한 것처럼. 나를 본 조교가 잽싸게 쫓아와 귀싸대기를 갈기며 여기서 낙오할 거냐고 거칠게 몰아붙였다. "아닙니다. 할 수 있습니다."를 복창하고 일어서는데 조교가 외쳤다. "자, 지금부터 노래 일발 장전, 노래는 어머니 마음, 발사." 노래를 시작하기도 전에 여기저기에서 흐느끼는 소리가 들렸다. "낳으실 제 괴로움 다 잊으시고 기르실 제 밤낮으로 애쓰는 마음 진자리 마른자리 갈아 뉘시며 손발이 다 닳도록 고생하시네…….” 어느새 내 눈에서도 눈물이 흐르고 있었다. 잠시 후, 마치 보약을 먹은 듯 다시 힘이 났다. 그렇게 행군을 무사히 마치고 돌아와 보니 발바닥 전체가 잔뜩 부풀고 부르터 있었다. 이어지는 10킬로미터 구보는 도저히 불가능했다.

6주간의 훈련을 마치고 수료하던 날. 그동안 익힌 총검술, 제식 동작을 부모님들께 보여 드렸다. 논산 훈련소 연병장을 복사한 듯 검게 그을린 얼굴의 진짜 사나이 700명이 같은 동작, 같은 기합, 같은 마음으로 절도 있게 제식 동작을 진행했다. 마지막 순서 “부모님께 받들어총!”과 함께 훈련소가 떠나갈 듯 박수갈채가 터졌다. 아버지 어머니가 오셨다. 어둠 속의 반딧불처럼 이리저리 부모님을 찾았다. 혹시 안 오신 걸까? 분명 오신다고 했었는데. 한참 만에 겨우 아버지, 어머니를 봤다. 어머니는 벌써부터 눈물을 흘리고 계셨다. 나오려는 내 눈물이 쏙 들어가도록 큰 소리로 “충성!”을 외쳤다.

잠깐의 면회를 뒤로하고 후반기 교육을 받으러 야간열차를 타고 광주로 내려갔다. 컴컴한 창문 밖으로 보이는 것은 없었다. 마치 암담한 내 미래 같다는 생각에 우울했다. 아직 운전면허증도 없는데 태어나 처음으로 탱크를 몰았다. ‘하면 되고 안

하면 안 된다'는 그때부터 내 인생의 좌우명이 되었다. 해보지 않고서는 성공 여부를 알 수 없다. 밤새 잠도 못 자고 걱정했던 일들이 그다음 날 맞닥뜨려 보면 의외로 쉽게 풀리는 경우가 종종 있다. 해봐야 알 수 있는 것이다.

후반기 교육이 끝나고 운 좋게 행정병이 되었다. 군대는 줄이라고 했던 말이 떠올랐다. 자대 배치를 받던 날. 가방을 메고 나를 데리러 온 상병을 따라가는 도중 충혼탑에 이르렀다. 고참이 갑자기

"오늘 참 별 멋지다. 조 일병, 별이 몇 개 보이나?"

이렇게 날이 맑은 대낮에 별이라니……. 미쳤나 보네, 이 양반이. "안 보입니다."라고 거칠게 외쳤다. 순간 고참의 손바닥이 내 앞에서 불을 뿜었다.

그제야 별이 번쩍거리는 것을 보았다.

"고참이 있다면 있는 거지. 야, 이거 봐라, 아직도 사회 물이 완전히 덜 빠졌구먼."

곧이어 '좌로 굴러. 우로 굴러. 뒤로 기어.'가 반복됐다. 충혼탑을 몇 바퀴 돌았다. 갑자기 정전된 듯 정신이 아찔했다. 뭔가 생각을 해야겠다고 생각했는데 아무 생각이 들지 않았다. 자대

앞에 도착할 때까지 '기갑가'를 불렀다. 지금 생각하면 너무 어이가 없었지만, 그때는 그랬다.

군기가 잔뜩 든 채 이윽고 도착한 내무반. 자대 배치 신고 연습을 하느라 얼마나 고함을 질렀는지 몇 번 만에 목이 쉬었다. 세상에 태어나 그렇게 큰 소리를 지른 적은 처음이었다. "신고합니다. 이병 조정훈은 8월 7일 자로 자대 배치를 명 받았습니다. 이에 신고합니다!" 그래도 목소리가 작다고, 군기가 덜 들었다고 쪼그려 뛰기가 이어졌다. 첫날밤(?)이 어떻게 지나갔는지 모른다. 그때 내무반에는 제대가 얼마 남지 않은 병장 두 명이 산신령처럼 앉아 있었다. 한 명은 전라도, 한 명은 경상도 병장들이었다. 자대 배치를 받은 신병은 한 달 동안 모든 것에서 열외였고 그저 TV 앞에 양반 자세로 앉아 있는 게 전부였다.

전역을 앞둔 병장들은 나를 웃기려고 갖은 수를 썼다. 당시 '동작 그만'이라는 프로그램이 인기였는데 병장들과 함께 이 프로를 보면서 웃음을 참기란 거의 불가능했다. 그때마다 내무반의 군기를 담당하는 상병 고참은 내 일거수일투족을 지켜봤고 행여 살며시 웃기라도 할라치면 그날 밤은 신병이 군기가 빠졌다며 어김없이 집합이 이어졌다.

거꾸로 매달려도 국방부 시계는 돌아갔다. 드디어 나도 식기 당번이라는 임무를 부여받았고, 일병이 되어 내무반 청소 등 궂은일을 도맡게 되었으며 상병이 되어서는 내무반 규율을 담당했다.

그때 월급이 4,000원 정도였고 보너스가 나오는 달이면 7,500원 정도였다. 그 정도면 충분했다. 신문 배달할 때처럼 가불을 하지 않아도 돼서 너무 행복했다. 세상 부러울 것이 없었다. 밤 10시. 사무실 고참이 PX에서 김치 캔을 하나 사 오라고 하더니 나를 데리고 사무실로 갔다. 고참은 능숙하게 커피포트에 물을 붓고 끓이더니 그 속에 미리 준비해 놓은 라면 네 개를 마구 밀어 넣었다. 이게 다 들어갈까? 잠시 후 쟁반에 커피포트를 쏟아부었다. 내 눈앞에 뜨거운 라면이 살아서 이리저리 뛰어다니는 것 같았다. 고참이 어디선가 소주 한 병을 꺼냈다. 침이 꿀꺽 넘어갔다, 조금 더 지체하면 숨이 넘어갈 것 같았다. 인생 라면에 인생 소주 한잔이었다.

두 번의 여름과 세 번의 겨울이 지나 병장으로 진급하여 2개월 후 내무반장이 되었다. 어깨에 견장이 채워졌다. 내무반 침상에서 흰 양말을 신어 보고, 편하게 누워 보고 싶은 소원이 그제야 이루어졌다. 몸은 편해졌지만 한 중대의 내무반을 이끈다는 것은 생각보다 만만치 않았다. 가끔씩 졸병들이 보이지 않을 때 불안했다. 아무 일 없어야 할 텐데……. 군대는 인생의 축소판이었다.

30개월은 참으로 고마운 시간이었다. 졸병 시절의 식기 당번부터 일병, 상병을 거치며 내무반의 규율을 담당하고, 병장이 되어 내무반장으로 견장을 차고 소대를 이끌었던 생활, 그 가운데서 인내를 배웠고, 가슴 따뜻한 전우들을 만났으며, 강인한 체력과 '하면 된다'는 군인 정신을 배웠다.

화이트칼라의 상징, 은행원이 되다

1990년 11월 15일 전역이었다. 남들은 대학 재학 중에 군사 훈련을 받았다는 이유로 3개월 단축 혜택을 받았는데 고졸인 나는 꼼짝없이 2년 6개월에서 3일 모자란 날을 복무해야 했다. 나보다 먼저 졸병 다섯 명이 제대하는 것을 볼 때마다 억장이 무너지는 것 같았다. 대학에 입학한 후 기초 군사훈련을 받고 다시 입대하여 3개월 혜택을 받아보고 싶은 마음이 간절했다. 대학에 가지 못했다는 열등감은 군대까지 따라와 나를 슬프게 했다.

제대했지만 달라진 것은 크게 없었다. 여전히 서울에서 내가 지낼 만한 구석은 없었다. 하는 수 없이 다시 예전에 몸담았던 신문 보급소로 갔다. 부모님께는 대학에 갈 거라고 말씀드렸다. 이미 배달 업계(?)의 베테랑이어서 적응은 문제가 없었지만 '딸배'의 환경은 예전보다 훨씬 열악한 것 같았다. 그때부터 틈만 나면 이곳저곳으로 보급소를 옮겨 다니며 공부하기에 좀 더 나은 데를 찾아다녔다. 창동에서 혜화동에 이르기까지 8~9군데 보급소를 옮겨 다녔지만, 처음보다 더 나은 곳은 없었다. 남산에서 바라본 서울은 고등학교를 막 졸업하고 처음 보았을 때보다 더욱 휘황찬란했다.

그해 11월 중순에 아버지의 회갑이 예정되어 있었다. 형도 무직, 작은아들도 무직인 채로 회갑 잔치를 치른다고 생각하니 늘 마음이 편하지 않았다. 그때는 회갑이 되면 정성껏 음식을 장만하고 온 동네 사람들이 모여 축하하며 한바탕 마당에서 잔치를 벌이곤 했다.

계속 대학 시험 준비를 할지 아니면 아버지의 회갑을 위해 취업 준비를 해야 할지 고민이 되었다. 뼈마디에 금이 갈 정도로 힘든 농사일을 평생 해 오신 아버지의 인생을 생각하니 도저히 내 욕심만 차릴 수가 없었다. '지금 뭣이 중헌디.'

아버지를 위해 취업이 먼저라고 결론을 내렸다. 고등학교 때 그나마 아등바등 주산, 부기 2급 자격증을 취득해 놓은 것이 다행이었다. 오랜만에 학교에 찾아가 현대자동차와 광주은행 취업 추천서를 받았다. 원서를 접수하고 영어, 상식책 등을 사 반복하며 시험을 준비했다. 1주일 사이로 시험이 있었는데 현대차는 제법 잘 봤고 은행은 생각보다 어려웠다. 현대차 면접을 준비하며 결과를 기다렸다. 그런데 결과는 내 예상과는 정반대였다. 은행만 합격하여 5월 중순부터 한 달간 연수를 받았다. 은행 창구에서 직원이 눈에 보이지도 않을 만큼 빠른 속도로 돈을 세는 걸 종종 봤는데 그 연습을 내가 할 줄이야. 한 장 한 장 넘길 때마다 딱, 딱, 딱 소리를 내는 기술이 서서히 내 것이 되어 갔고, 부채처럼 쭉 펴고 다섯 장씩 돈을 세는 고급 기술도 마스터했다.

연수가 끝나고 서울 명동에 있는 서울 지점으로 발령이 났다. 외판원, 신문 배달의 블루칼라에서 화이트칼라의 상징인 은행원이 되는 순간이었다. 명동은 서울의 중앙이었다. 지점 오른쪽으로 서울 중앙우체국과 맞은편에 한국은행이 있고, 한달음 거리에 명동 성당이 있었다. 그리고 회현역 근방에 그 유명한 남대문 시장이 있었다. 매일 양재동에서 전철을 타고 오가는 은행 생활이 시작되었다.

마침 그해에 형도 검찰 9급 시험에 합격하여 발령이 났고, 나도 취직이 되어 어느 때보다 기쁜 마음으로 아버지의 회갑 잔치를 치를 수 있었다.

회갑 잔치가 열리던 날.

아침 일찍부터 집 한쪽에서 동네 아주머니들께서 전을 부치며 음식을 준비했고, 동네 앞 냇가에서는 돼지 울음소리가 크게 들렸다. 마당에 멍석이 깔렸고, 동네 어르신들이 오시기 시작했다. 아버지는 평소 4시에 일어나 오전 11시면 하루 일을 끝내셨다. 점심때부터 한잔 두 잔 술을 드시고 저녁이면 어김없이 취한 모습이셨다. 오늘은 일 따위는 필요 없었다. 저녁이 되어 마당 한가운데 장작불이 타올랐고 동네 어르신들의 노랫가락에 마당이 들썩거렸다. 이제 오늘의 주인공이신 아버지 차례였다. 아버지는 장구를 두드리시며 노래 일발을 장전했다. "남원산성 올라가 이화문전 바라보니……." 여기저기서 박수가 터져 나왔다. 앙코르도 없었는데 아버지는 또 한가락을 뽑았다. "두만강 푸른 물에 노 젓는 뱃사공……." 단숨에 아버지의 60년 인생이 밤하늘에 수놓아지는 것을 보았다.

아버지는 동네 사람들을 향해 말씀하셨다.

"참말로 고맙네요. 내가 언제 죽을지 몰랐는데 이렇게 환갑까지 살아 부렀네. 우리 큰놈이 공무원으로 합격을 했고, 둘째는 은행에 합격을 했구만. 오래 살고 볼 일이네요. 우리 집 경사니께 오늘 맘껏 드셔라."

아버지 말씀이 끝나기 무섭게 아버지를 등에 업고 마당을 돌았다. 몇 바퀴를 연달아 돌았는데도 돌수록 힘이 솟아났다.

1억이 사라졌다

본격적인 은행 생활이 시작되었다.

은행에 크게 관심이 없는 상태에서 아버지 회갑 때문에 갑작스럽게 택한 직장이었다고 생각하니 쉽게 정이 들지 않았다. 남들이 들으면 배부른 소리라고 했겠지만. 마음 한편에 인문계고등학교에 진학하지 못해 3년을 낭비했다는 생각이 여전했다. 그러나 어디까지나 순전히 나의 선택이었다. 삶은 선택의 연속이다. 그때마다 늘 현명한 선택을 해야겠다고 마음에 새기고 다짐해도 어느 순간 의도치 않은 선택을 할 때가 많다. 다시 돌아간다면 아무런 시행착오 없이 잘할 수 있을까?

은행에서 처음 맡은 업무는 어음 교환이었다. 각 은행에서 그날 받은 다른 은행의 어음, 수표를 어음 교환소를 통해 서로 정산하는 것이었다. 보통 그날 어음이나 수표를 입금하면 어음 교환이 종료되는 다음 날 오후에 현금으로 찾을 수 있는 것인데 그걸 모르는 일반인이 종종 왜 바로 현금으로 인출이 안 되는지 묻곤 한다. 영업시간이 끝나기 무섭게 다른 은행 어음을 취합한 가방을 들고 명동성당 옆 어음 교환소 분소로 달렸다. 마감 시간이 정해져 있었기 때문에 늘 100미터 달리기 선수처럼 대기해야 했다. 정식 교환 업무는 그다음 날 새벽에 시작되었다. 새벽에 2인 1조로 강남에 있는 어음 교환소로 가 정산을 했다. 모든 은행 어음 교환 업무 담당자가 자기 은행 보관함에 들어 있는 어음들을 각자 책상에 쏟아붓고 출력된 정산서와 대조를 하는 작업이었다. 보통 2~3시간 정도 걸렸고, 은행에 복귀하면 오전 10시 정도가 되었는데 그러면 쉬다가 다른 직원들이 업무를 마칠 때부터 교환 업무가 시작되는 구조였다.

매일 같은 일과가 반복되던 어느 금요일. 그날도 둘이 열심히 어음을 맞추고 있는데 딱 1억 원 수표 한 장이 부족했다. 아무리 여러 번 계산해도 도통 맞지 않았다. 9시가 다 되도록 수표를 찾지 못해서 전전긍긍이었다. 다른 은행 직원들은 이미 업무를 마치고 돌아갔다. 1년 차 신입 행원이 1억 원 수표를 분실했다니 생각만 해도 아찔했다. 은행 입사를 후회하기에는 너무 큰 사건이었다. 하는 수 없이 먼저 담당 대리님에게 보고를 했고 대리님이 곧바로 교환소로 달려왔다. 대리님에게 말했다.

"어음이 들어 있던 금고를 여러 번 찾아봤는데 없어요."

내 말을 믿은(?) 대리님도 금고를 보더니 없다고 했다. 최후의 방법으로 그날 교환 업무 중에 발생한 휴지 등을 담아 놓은 10개가 넘는 마대 자루 전부를 쏟아붓고 일일이 찾기 시작했다. 내 키보다 더 큰 마대였다. 혹시나 하는 마음으로 눈을 부릅떴다. 시간은 12시가 다 되어 가고 있었다. 이미 과장님을 통해 지점장님께 보고되었다. 한 달 월급 100만 원 정도인 내가 1억 원을 물어내야 한다고 생각하니 눈물이 앞을 가렸다. 인생은 새옹지마라더니 엊그제 그렇게 취직했다고 좋아하며 아버지 회갑도 멋지게 치렀는데…….

지점장님께 보고를 마친 과장님이 오셨다. 다시 금고를 열었다. 그리고 이어지는 고함 소리.

"여기 있네!"

금고 뒤편 틈새기에 그토록 찾았던 수표가 떡하니 버티고 있었다. 마치 누군가가 가져갔다가 조금 전에 일부러 갖다 놓은 것처럼. 은행에 합격할 때보다 더 기뻤다. 죽었다 다시 살아난 것이 이런 기분인가. 그날 저녁 대리님을 따라 신사동 지하 술집으로 갔다. 태어나 처음으로 밴드에 맞춰 노래를 부르며 새벽까지 술을 마셨는데 취하지 않았다. 대리님의 말씀이 인상 깊었다.

"야, 조 계장. 네 인생의 주인공은 너야. 네가 작가야. 네가 쓴 그대로 너는 연기하면 돼. 한 번도 실패하지 않고 한 번도 넘어지지 않을 수는 없어. 중요한 것은 실패했을 때, 넘어졌을 때 다시 일어서는 거지."

술에 취해 꼬부라진 목소리로

"예. 명심하겠습니다."를 반복했다. 은행을 그만두고 공무원으로 임용된 후 나에게 그토록 힘이 되어 주셨던 대리님은 암으로 세상을 떠났다고 들었다. 삼가 대리님의 명복을 빈다.

결단

모든 운이 따라주며, 인생의 신호등이 동시에 파란불이 되는 때란 없다. 모든 것이 완벽하게 맞아떨어지는 상황은 없다. '언젠가' 타령만 하다가는 당신의 꿈은 당신과 함께 무덤에 묻히고 말 것이다. 만약 그 일이 당신에게 중요하고, '결국' 그 일을 할 것이라면 그냥 하라. 하면서 진로를 수정해 가면 된다.

-티모시 페리스

평소 6시가 되기도 전에 업무를 끝내는 은행의 모습을 보면서 시간이 많이 남는다고 생각했다. 공부할 시간도 넉넉할 거라는 생각이었는데 막상 들어오니 그게 아니었다. 특히, 최종 마감 업무인 출납으로 바뀌면서부터는 매일 달을 보며 퇴근하는 날이 부지기수였다. 그럴 때마다 '대학은 이제 포기해야 하나? 아니야. 더 늦기 전에 결단을 내려야 해.'라는 두 마음이 서로 고개를 들이밀며 씨름박질을 벌였다.

이제는 마음의 방황을 끝내야 했다. 밤새워 고민하며 사직서를 썼다 찢었다를 반복하다가 한숨도 못 자고 아침을 맞았다. 아침은 내 마음을 아는지 모르는지 어느 때보다 활짝 웃고 있었다.

일신상의 사유로 사직서를 제출합니다.

한 줄로 된 사직서를 양복 안주머니에 넣었는데 몸이 무거웠다. 사직서가 내 심장을 두드리며 '사직은 안 돼. 다시 생각해봐.'라고 말하며 당장 주머니에서 빠져나가려는 것 같았다.

나도 안간힘을 썼다. '아니야. 지금 아니면 안 돼. 그동안 얼마나 고민하고 내린 결론인데.'

심호흡하며 흔들리지 않기로 눈을 부릅뜨고 전의를 불태웠다.

지하철 안은 부산했다. 예전의 나처럼 부지런히 뛰어다니며 신문을 팔고 있는 청년을 보고 1,000원을 건네며 신문 한 부를 샀다. "고맙습니다."라며 웃어 보이는 모습이 선해 보였다. 이 많은 사람들 중에 나처럼 '사직서를 품에 안고 출근하는 사람이 또 있을까.' 말도 안 되는 상상을 했다.

'있을 수도 있겠지. 나만 힘들고 방황하고 있지는 않겠지. 회사를 그만두는 사직서는 아니더라도 마음속에 그 무엇인가에 대한 사직서는 하나씩 있을 거야. 그것이 직장이든, 다른 사람과의 관계이든, 가정이든, 하여튼 뭐든, 사직은 끝이 아니고 새로운 시작인 거야.'라고 나를 위로했다.

하루 종일 일이 손에 잡히지 않았다. 정신 나간 사람처럼 멀뚱거렸다. 사직서를 몇 번이나 만지작거렸는지 아침에 나를 만류했던 것과는 다르게 이번에는 아무 반응도 없었다.

맛있던 점심시간이 낯설고도 새롭게 느껴졌다. 퇴근 시간이 가까워져 올 무렵 담당 대리님께 조용히 사정을 이야기하고 사직서를 내밀었다. 대리님은 당황한 듯 아니면 화가 난 듯 입술을 지그시 깨물었다. 동료들이 정신없이 마감하는 동안 나와 대리님 사이에만 이상한 공기가 맴돌았다.

출납을 다른 직원에게 부탁하고 퇴근 종소리가 울리자마자 대리님과 함께 근처 술집으로 향했다. 마지막 술잔이라고 생각하니 거절하기 어려웠다. 그동안 물심양면으로 나를 응원해 주고 지지해 주고 도와주셨던 대리님이었다. 늘 가던 삼겹살집으로 갔다. 불판에 오른 삼겹살이 내 기분을 아는지 모르는지 신나게 이글거렸다. 삼겹살이 다 익기도 전에 소주를 연거푸 석 잔 들이켰다. 대리님도 마찬가지였다.

취기가 오르자, 대리님의 심오한(?) 인생사가 안주로 더해졌다.

"조 계장, 너 진짜 그만두고 싶냐? 어떻게 들어온 은행인데, 진짜 목표가 있어서 그렇다면 막지는 않겠다."

대리님의 일장 연설이 이어졌다. 술이 입으로 들어가는지 코로 들어가는지 알 수 없었다. 어느 순간 나는 잔뜩 취한 채로 대리님으로부터 사직서를 돌려받고 있었다. 내일부터 더 열심히 근무하겠다는 말까지 하고.

사직서를 돌려받고 며칠이 지났다. 먼 훗날 은행장이 된 내 모습을 그려보기도 했다. 출납 업무 특성상 매일 밤 11시가 되어서야 은행 문을 나서는 날이 계속되었다. 토요일, 일요일에도 새로운 전산 시스템 변경을 위한 시범 작업을 하느라 출근이 이어졌다. 그럴수록 대학 진학에 대한 미련은 나를 더욱 혼란스럽게 만들었다. 마음을 다잡으려고 노력은 했지만 다짐은 오래가지 못했다. 자주 멍하니 의자에 앉아 주위를 둘러봤다. 모두 너무나 열심이었다. 정성껏 고객들에게 인사를 하고 한 치의 오차도 없이 업무를 처리하고 있었다. 나만 이렇게 하루 종일 사직을 고민하고 있다고 생각하니 마음이 편치 않았다. 책상 서랍에 넣어 두었던 사직서를 다시 꺼내 보았다. 며칠이 지나 다시 사직서를 제출했고 대리님도 나의 의지를 꺾지 못하고 받아들였다.

"그래 조 계장, 그동안 수고 많았어. 어딜 가든 잘할 거야. 항상 응원할게. 연락 자주 하고."

대리님의 눈시울이 붉어졌다. 지점장님께 정식으로 인사를 하고 직원들과도 작별 인사를 나눴다.

1994년 1월 22일. 7급 공무원 시험에 합격하여 인사드리러 오겠다고 약속하고 직원들의 응원을 받으며 은행 문을 나섰다. 시원섭섭했다. 회갑 때 그렇게 침이 마르도록 동네 사람들에게 자랑하셨던 아버지, 늘 묵묵히 지켜보며 힘이 되어 주셨던 어머니 모르게 사표를 던졌으니 마음이 무거웠다. 다짐한 대로 곧바로 이발소로 가서 삭발을 했다. 내가 첫 손님인 듯 아저씨는 공손하게 나를 맞았다.

"사장님, 빡빡 밀어주세요."

"빡빡?"

"예."

"아니. 젊은 양반이 늦게 군대 가는가?"

"예. 내일 입대해야 해서요."라고 나도 모르게 대답했다.

바리깡이 머리 위로 막 들이밀어지는 순간 '잠깐만요!'를 외쳤다. 마음속으로. 아저씨는 싱글벙글 웃으면서 단번에 뒷 목덜미에서부터 이마 중앙에 이르기까지 고속도로처럼 길을 냈다. 아저씨와 나는 서로 다른 생각에 집중하고 있었다. '툭, 툭.' 한 움큼씩 과거의 나 자신이 직선으로 발 앞에 무너져 내리는 듯했다. 침착하려고 했지만 거울 속의 나는 많이 우울해 보였다.

"다 됐어. 이렇게 매끈한 두상은 첨 봤네. 앞으로 모든 일이 잘될 거야."

"아, 예. 오늘 처음 보셨겠지요? 첫 손님이니까."

아저씨의 실없는 한마디에 기분이 좋아졌다. 왼손, 오른손으로 번갈아 가며 대단한(?) 머리를 만져 보았다. 따뜻함과 서늘함이 정답게 교차하고 있었다.

삭발은 어둡고, 자신 없었던 내 과거와의 이별 의식이었다. 의식은 채 5분도 걸리지 않았다. 의식의 진행자도 나도 만족했다. 리허설도 없이 순식간에 성공적으로 마무리되었다. 우리의 인생도 리허설은 없다. 모자를 눌러쓴 채 독서실로 향했다. 비록 거북이처럼 느리더라도 멈추지 않고 달려가기로 굳게 마음먹었다.

제3장

주경야독 중입니다

합격의 정석
- 3개월 만에 9급 검찰직 합격

파브르는 곤충에 미쳐 있었습니다. 포드는 자동차에 미쳐 있었습니다. 에디슨은 전기에 미쳐 있었습니다. 지금 당신은 무엇에 미쳐 있는가를 점검해 보십시오. 왜냐하면 당신이 미쳐있는 그것은 반드시 실현되기 때문입니다.

-폴 마이어

잘 다니던 은행을 무턱대고 그만둔 후 퇴근 시간에 맞춰 형 집으로 갔다. 삭발한 내 모습을 보고 형이 물었다.

"무슨 일이냐. 머리를 빡빡 밀고?"

"응, 은행 그만뒀어. 형처럼 공무원 시험 보려고."

"아버지한테는 얘기했냐?"

"아니, 말씀 못 드렸어. 나중에 합격하고 말씀드리려고."

"내년 시험까지는 그래도 시간이 있는데 어떻게 공부할 거야?"

"내년이 아니고 5월 시험 볼 거야."

형은 깜짝 놀라 물었다.

"3개월 남았는데 어떻게 준비를 해. 과목도 한두 개가 아닌데."

"해 볼 거야. 그래도."

조금만 신세를 지겠다고 약속했다. 그 이후는 생각도 하지 않았다. 정말로 4월 26일 총무처 9급 시험일까지 딱 3개월 정도 남았다. 부모님께 말씀도 드리지 않고 은행을 그만뒀기 때문에 배수의 진을 칠 수밖에 없었다. 잠자는 시간을 따로 정하지 않았다. 잠이 오면 자고 아니면 공부하고 둘 중에 하나였다. 오랜만에 다시 책을 보려니 암담하기만 했다. 그러지 않겠다고 다짐했었는데 무턱대고 은행을 그만두었다는 생각이 수시로 몰려왔다. 그러나 이제 되돌아갈 수 없었다. 일단 테이프를 반복해서 듣고 무조건 외우기로 마음먹었다. 국어, 영어, 국사는 마지막 달에 보기로 하고 매일 15개씩 형법, 형소법, 행정법 테이프를 돌려 듣고 다짜고짜 기출문제를 풀었다. 처음 접하는 과목들이라 생소했다.

하루 종일 한마디도 하지 않고 책만 보고 테이프만 들었더니 집으로 돌아갈 때 이가 시리고 아팠다. 말을 한다는 것이 사람에게 얼마나 소중한 것인지 예전에는 몰랐다. 터벅터벅 걸으며 말에 대해 생각해 봤다.

말이라는 것은 참으로 신묘하다. 나는 말을 하지 않아서 아픈데 어떤 사람은 짧은 한마디 말로 다른 사람을 아프게 한다. 옛말에 말 한마디로 천 냥 빚을 갚는다는 얘기도 있으니 어쩌면 말은 마법사다. 어떤 때는 칼처럼 날카롭기도 하고, 또 어떤 때는 강철 같은 얼음을 녹여주는 듯 부드럽기도 하다. 말하는 대로 이뤄진다고 했는데 나는 이 말이 제일 마음에 든다. 시간이 날 때마다 '합격해야 한다. 합격할 수 있다. 합격했다.'고 힘주어 나에게 말해 주었다.

4월 26일 시험 날이 되었다. 후회 없이 공부했다고 생각했고 자신 있었다. 차분한 마음으로 문제를 풀어가기 시작했는데 대부분 기출문제에서 보았던 문제였다. 마지막 과목인 행정법 답안 마킹을 하는데 15번 문제 마킹을 2번이 아닌 3번으로 잘못했다. 100% 아는 문제를 잘못 마킹했던 것이 순간 너무 아깝다고 생각되어 감독관에게 답안지를 바꿔 달라고 말했다.

"시간이 얼마 안 남았는데 바꾸겠어요?" 조심스럽게 물었다.

"예." 나는 망설임 없이 대답했다.

칠판 위 시계를 보니 남은 시간은 10여 분 정도였다. 갑자기 사시나무 떨듯 손이 떨렸다. 감독관은 나한테 받은 답안지를 단숨에 반으로 접어 찢었다. 쿵쿵 뛰는 내 심장 박동 소리가 집중하고 있는 옆자리 수험생에게 방해가 될 것 같았다. 사인펜을 쥔 오른손이 제대로 움직이지 않았다.

우선 답안부터 마킹하기로 했다. 종이 울리면 인적 사항은 감독관에게 빌어볼 생각이었다. 긴가민가했던 몇 문제도 다시 봐야 했는데 시간이 없었다. 시험지에 표시된 것을 보면서 답안지에 마킹을 해 나갔다. 어떻게 마킹을 했는지도 모르는데 벨이 울렸다. 이름도 제대로 쓴 것 같지 않았다. 3개월간의 노력이 물거품이 될 수도 있다고 생각하니 쉽게 발길이 떨어지지 않았다. 하나만 밀려서 마킹을 했다면 보나 마나 낙방이었다. '진인사대천명'이라고 위안하기도 쉽지 않았다. 그렇게 정신없이 마킹을 했는데 '제대로 했을까?' 싶어서 밤마다 합격, 불합격이 교차하였다.

합격자 발표일. 새벽같이 일어나 마음을 가다듬고 공중전화로 달려갔다. 조심스럽게 수험 번호를 눌렀는데 응답이 없었다. 긴장되었다. 혹시 수험 번호를 잘못 눌렀을 수 있다고 생각하고 수화기를 내렸다가 다시 눌렀다.

"축하합니다. 합격입니다."

내 이름 아시죠?

9급 합격 후 은행 사직할 때 큰소리쳤던 대로 7급 도전이 시작되었다. 전략을 새롭게 세웠다. 7급은 아무래도 독학으로는 어려울 것 같아 노량진에 독서실을 얻고 학원 수업을 듣기로 했다. 은행 다닐 때 모아둔 약간의 돈으로 월 14만 원을 내고 작은 독서실에서 지냈다. 말이 독서실이지 책상 밑으로 의자를 밀어 넣고 그 속으로 발을 뻗어야 겨우 일자로 누울 수 있는 비좁은 공간이었다. 고시 학원에 등록하고 본격적으로 공부를 시작했다. 그렇지만 이미 9급 시험에 합격했기 때문이었는지 이전의 투지는 온데간데없고 틈만 나면 서점에 가서 합격 수기만 몇 편

읽고 빈둥거리기 일쑤였다. 한 달 정도를 그렇게 보내고 독서실로 돌아오는데 문 앞에 낯익은 동네 후배가 서 있었다. 웬일인지 물어보기도 전에

"형 아버지가 쓰러지셨대요. 연락이 안 된다고 해서 찾아왔어요."

"지금 어디 계시는데?"

곧 7급 시험 합격 소식을 전하러 찾아뵈려고 했는데 쓰러지셨다니 믿어지지 않았다. 버스를 타고 아버지가 입원해 있는 전주에 있는 병원으로 향했다.

아버지는 머리가 다 깎인 채 침대에 누워 뇌 CT 촬영을 준비하고 계셨다. 눈을 꼭 감고 아무 말씀도 못 하셨지만, 엊그제 삭발한 내 모습과는 달리 평화로워 보였다. 나는 조용히 침대를 밀며 기도했다.

'제발 목숨만 살려 주세요.'

'내가 말없이 은행을 그만둬서 쓰러지셨나.'라는 생각도 들었다. 한참의 검사가 진행된 후 수술이 시작되었다. 장장 4시간이 넘는 대수술이었다. 아버지는 예전부터 혈압이 좀 높으셨고

거의 하루도 빠지지 않고 막걸리와 소주를 드셨다. 밭에서 일을 하시다가 쓰러지셨고 동네 사람에게 발견되어 가까운 남원에 있는 병원으로 가셨다가 큰 병원으로 가보라고 하여 전주에 있는 병원으로 옮기셨다고 했다. 의사 선생님은 이미 골든 타임이 지나도 한참 지났다고 했다. "곧바로 이 병원으로 오셨더라면 좀 더 상태가 괜찮았을 텐데."라고 말했다. 뇌수술이 끝나고 중환자실로 옮겨졌다.

두 달간의 중환자실 생활이 시작되었다. 아버지의 병시중으로 인해 7급 시험은 더 이상 계속할 수 없었다. 병원 생활은 녹록지 않았다. 나의 간절한 기도 때문이었는지 10일이 지나 아버지는 기적적으로 의식을 회복하셨다. 아버지가 나를 알아보고 밝게 웃으시며 내 이름을 부르려고 했다. "예."라고 대답을 하려고 했는데 그러나 어떻게 된 일인지 내 이름은 불려지지 못했다. 아버지가 입을 떼려는 순간 곧바로 내 이름 대신 쌍스러운 욕이 나왔고 욕 한마디가 전부였다. 뇌의 언어 기능이 손상되었기 때문이라고 의사는 말했다.

재활 치료가 시작되었다. 매일 재활 치료실에 가서 걷기 연습을 하고, 색깔 맞추는 연습을 하고, 노래도 불렀다. 아버지가 제일 좋아하시고 익숙한 노래로 연습했다. 두만강과 아리랑이었다.

"두—", "아—"를 함과 동시에 욕이 나왔다. 답답함에 고함을 지르려 하고 때로는 눈물을 뚝뚝 흘리시는 모습에 절망했다. 내가 의사가 아니라는 무력감으로 잠을 제대로 잘 수 없었다. 아버지 앞에서 내가 두 다리로 잘 걷고, 하고 싶은 말을 마음껏 하고 있다는 사실이 마치 형벌 같이 느껴졌다. 애초에 나의 기도가 잘못되었었다.

'아버지를 예전과 같이 회복시켜 주세요.'라고 기도했어야 맞았다.

중환자실의 간호사들은 참으로 대단했다. 한밤중에 출근해서 잠시도 쉬지 않고 환자들의 혈압, 체온을 체크하고 대, 소변을 직접 받아 냈다. 불쑥불쑥 던지는 내 질문에도 성심성의껏 대답하는 모습을 보니 정말의 백의의 천사가 따로 없었다. 재활 치료가 진행되었지만, 큰 진전은 없었다. 아버지는 60여년이 넘도록 부지런히 걸으셨는데 두 달 동안 혼자서 한 걸음도 걷지 못하셨다. 육십 평생 좋아하시는 노래도 마음껏 불렀지만 두 달 동안 한 소절도 못 부르셨다. 마냥 무섭기만 했던 아버지와 두 달을 같이 했다. 옷을 입히고, 손을 잡아 주고, 얼굴을 씻겨드리고. 쓰러지지 않으셨다면 한 번도 다정하게 손도 잡지 못했을 것이다.

병원비도 계속 밀리고 재활도 진전이 없어 결국 퇴원할 수밖에 없었다. 아버지는 반신마비 상태였다. 스스로 몸을 가누지 못하니 몸이 두 배로 무겁게 느껴졌다. 누워 계시고 하루 종일 의자에 앉아 계시는 것, 그리고 예전처럼 툭하면 얼굴을 붉히며 화를 내려고 하시는 것이 전부였다. 불행 중 다행은 그나마 왼손은 움직일 수 있어 왼손으로 이를 닦고 밥을 드셨다. 처음에는 한두 살 어린애처럼 서툴렀는데 차츰차츰 나아지셨다. 반복의 힘. 가끔 아시는 분들이 병문안을 오실 때마다 '어떤 약을 먹고 걷게 되었다.', '어딘가에서 침을 맞고 말하게 되었다더라.'는 고급(?) 정보들을 알려줬다. 그때마다 '혹시나'하는 마음에 하루가 멀다 하고 전국을 돌아다녔다. 강원도에 있는 침 잘 놓기로 유명한 집, 해남에 있는 한약방에 이르기까지.

그해 11월 10일. 나는 발령을 받았고, 아버지는 10년에 걸친 긴 투병 끝에 2005년 내 이름 한번 불러보지 못하시고 하늘나라로 가셨다.

불(火) 속에서

아득히 다급한 목소리가 들려왔다. 이상한 느낌에 나도 모르게 뒤를 돌아봤다. 어머니였다. 어머니는 딱딱한 자갈길을 맨발로 뛰어오고 계셨다. 연신 내 이름을 부르면서. 얼마를 그렇게 달려오신 것일까. 꿈인가 싶었다. 내가 운전하고 있던 경운기의 굉음 소리가 내 이름을 집어삼켰고, 쥐꼬리만큼 남아 있던 그 여운마저도 늦가을 들녘 속으로 빨려 들어갔다. 어머니는 나를 보고 쉰 목소리로, "불, 불!"이라고 외치셨다.

그대로 경운기에서 내려 달리기 시작했다. 멀었다. 경운기로 15분 정도 왔으니까. 막상 뛰어가려니 마치 가위에 눌린 것처럼 발이 잘 떨어지지 않았다. 영문도 모른 채 갑자기 남겨진 경운기의 아우성이 나를 쫓아왔지만 차츰 귓가에서 멀어졌다. 울컥울컥 내 숨소리가 가을 들녘의 평온을 깨뜨리는 사이렌 소리처럼 불편했다. 자꾸자꾸 바람이 불었다. 바람과 불. 나는 달려야 했다.

1994년 10월 31일. 내가 그해 11월 10일에 공무원 발령을 받았으니 발령받기 딱 10일 전이었다. 늦가을 들녘. 밤은 부지런히 익어가고 있었고, 잡풀과 잎새는 할 일 없이 이리저리 뒤척였다. 어머니가 밤도 따고 잡풀들은 모아 태워야겠다고 해 경운기를 몰고 밭으로 향했다. 어머니는 올해 밤이 많이 열렸다고 기분이 좋다며 콧노래를 흥얼거리셨다.

밤이란 놈은 참 기이하다. 꽃향기는 한없이 진하지만 시간이 지나면 완전 무장을 시작한다. 고슴도치처럼 온몸을 날카로운 가시로 칭칭 둘러싸고 그 안에 다시 단단한 껍질로 휘감는다. 또 그 안에 쓰디쓴 속껍질로 감싼다. 배, 바나나, 살구 모두 껍질을 까면 바로 먹을 수 있다. 그러고 보니 기이한 게 아니라 가장 고상한 열매가 아닐 수 없다. 포졸들이 지키는 몇 개의 문을 거쳐 임금님이 거처하는 궁궐에 이르는 것처럼 층층이 자신을 지키고 있으니!

버스 타고 중학교 다닐 때 차멀미에 좋다며 어머니께서 주신 노란 알밤을 자주 먹었다. 어머니는 가을만 되면 밤 줍느라 바쁘셨다. 어머니 허리를 굽게 한 주범이 100년 형을 선고해도 모자랄 듯하다.

나는 긴 막대기로 높이 매달린 밤을 털었고, 어머니는 밤을 주웠다. 얼마쯤 그렇게 밤을 따고 곧 마른 밤송이와 잡풀들과 나뭇잎을 밭 한가운데로 모았다. 널려 있을 때는 몰랐는데 모아 놓고 보니 그 양이 제법이다. 어느 정도 작업이 끝나자, 어머니는 마른풀을 태우시겠다고 하고 나는 빌린 경운기를 돌려주기 위해 시동을 걸었다. 두 손을 움켜쥐고 온몸에 힘이 다 빠지도록 몇 번을 돌려대고 나서야 겨우 시동이 걸렸다. 운전 경험이 거의 없었기에 온 신경을 집중하여 경운기를 몰았다.

한참을 그렇게 경운기를 몰고 자그마한 언덕을 넘어서고 있었다. 며칠 후 발령 날 것을 생각하니 절로 콧노래가 나왔다. 4년여를 다니던 안정된 은행을 부모님 몰래 덜컥 그만두고 공무원 시험 준비를 했는데 운 좋게 합격한 게 엊그제였다. 만약 떨어졌더라면 영영 농사를 지으며 한평생 보낼 위기에서 탈출한

셈이었으니 얼마나 다행이었는지 모른다.

그런데 어머니가 내 뒤에서'불'이라고 하셨다. 눈앞이 캄캄했다. 밭 한가운데서 어떻게 불길이 번졌는지. 생각할 겨를도 없이 내달렸다. 눈앞에 30여 미터로 길게 불길이 번져 있었다. 가까이 다가서자 훅 날아든 불길이 내 얼굴을 삼킬 듯이 할퀴고 뒤로 물러섰다. 나는 정신없이 맨손으로 흙을 파 던지기 시작했다. 불길 아래로는 완만한 계곡이다. 계곡은 진흙이 묻혀 있는 곳이었다. 어렸을 적 학교 미술 시간에 진흙이 필요할 때 수시로 와 진흙을 파곤 했던 그 계곡. 그때는 참 시원했다. 맨손으로 진흙을 파도 손가락도 아프지 않았고 마냥 즐거웠다. 금은보석처럼 캐낸 진흙을 누가 많이 캐냈는지 친구들과 서로 재보고 얼굴에 묻히며 장난을 치느라 어두워진 줄도 몰랐다. 진흙이 든 비닐봉지에서 느껴지던 그 미끈함이 내 손아귀에서 미꾸라지처럼 꿈틀거리다 사라졌다.

나의 노력도 보람 없이 불은 계속 번지고 있었다. 멀리뛰기 선수가 앞뒤로 손을 흔들며 힘차게 구름판을 구를 준비를 하듯, 산들바람을 등에 업고 한달음에 저 산으로 달음박질칠 기세였다. 여름날 그렇게 무성하게 뻗어 오르던 칡덩굴과 영원할 것만 같았던 잎새들이 어느새 삐쩍 말라비틀어졌다. 몇 년 동안 아무도 건드리지 않은 마른 나뭇가지들은 오늘을 기다렸다는 듯이 온몸을 불사르고 있었다. 이 계곡을 타고 조금만 올라가면 순식간에 '큰 실봉'이다. 조상 대대로 우리 동네를 지켜주고 있는 해발 110미터 큰 실봉. 큰 실봉이 긴장된 눈빛으로 내려다보고 있었다.

사방을 둘러봐도 들판에 한 사람도 보이지 않았다. "불이야! 불이야!" 목이 터져라 소리를 질렀다. 힘이 빠지기 시작했다. 아! 이렇게 공무원 발령이 물거품이 되는구나. 어머니를 생각하니 눈물이 핑 돌았다. 불타오르는 큰 실봉, 인계 지서에서 조사받는 내 모습이 휙휙 스쳐 갔다. 형사는 다짜고짜 직업이 뭐냐고 물었다. "무직인데요. 그렇지만 내일모레 검찰수사관으로 발령받을 예정……." 입이 벌어지지 않았다. 숨도 제대로 못 쉬고 있는데 누가 맨 처음 불을 피웠냐고 윽박질렀다. 어머니는 옆에서 "내가 다했다."며 울고 계셨다. 하늘이 노랬다.

어머니는 평생 고생만 하셨다. 아버지 건강하셨을 때는 아버지의 불같은 성격과 지독한 가부장제 권위에 숨도 제대로 못 쉬셨고, 아버지가 쓰러지신 후에는 병시중에 집안일을 도맡아 하시느라 벌써 허리가 반은 휘셨다. 그래도 여전히 자식들을 향한 마음은 끝이 없다. 내가 내려간다고 하면 며칠 전부터 회관 앞까지 몇 번을 왔다 갔다 하시고, 또 손수 콩을 찧고 갈아 땀을 뻘뻘 흘리며 아궁이에 불을 때어 내가 제일 좋아하는 두부를 만드셨다. 어머니는 내 삶의 쉼터였다. 부족함이 없는 그늘이었고, 시간이 아무리 지나도 식지 않는 따뜻한 아랫목이었다.

이제는 내 차례였다. 이 세상 단 한 분이신 어머니에게 티끌만 한 오점도 남겨지지 않도록 이 불을 꺼야 한다. 심호흡하고 다시 열 손가락 마디마디에 힘을 주어 흙을 팠다. 큰 실봉으로 이어지는 길목을 차단하기 위해 몸부림을 쳤지만 그럴수록 불길은 '잘못 건드리면 크게 다친다.'라는 듯 더욱 과격해졌다. 정말로 큰 실봉까지 1미터도 남지 않았다. 5분, 10분, 손톱 절반이 꺾이고 그 아래로 핏기가 흥건했는데 아픈 줄도 몰랐다. 땀과 눈물이 범벅이 되어 앞을 볼 수가 없었다. 바닥이 시멘트처럼 단단해서 도저히 더 이상 흙을 팔 수가 없었다. 이리저리 펄쩍 펄쩍 뛰었다. 내가 불 속에 갇혀있는 것처럼 숨이 턱턱 막혔다. 그리고 털썩 쓰러져 나도 모르게 두 손을 모았다. 제발 이 영혼을 구해주소서!

어디선가 사람들 소리가 들렸다. 꿈이겠지. 돌아볼 힘도 없었다. 그저 멍하니 무서운 자연 앞에 꿇어 엎드려 마지막 간청을 하고 있었다. 눈앞에 어머니와 동네 사람들이 손에 삽을 들고 흙을 파 던지고 있었다. 시간이 꽤 흘렀는데 아직 불길은 비틀비틀 앞으로 나아가지 않고 있었다. 갑자기 눈앞이 환해졌다. 삽질 소리가 경쾌했다. 쏟아지는 흙더미 속으로 맨 앞에서 큰 실봉을 향해 가장 기세 좋게 타오르는 불길이 '으악!' 비명을 지르며 고꾸라졌다. 시뻘건 무리가 도망갈 틈도 없이 도미노처럼 연이어 쓰러졌다. 절뚝거리며 두 손을 들고 달음질치는 검은 연기 내음이 향기로웠다. 그제야 잔뜩 긴장했던 큰 실봉도 안도의 한숨을 쉬는 것 같았다.

언제 오셨는지 어머니가 아무 말 없이 나를 꼭 안아 주셨다. 아들을 위해 평생 가시에 찔리는 것을 마다하지 않으셨던 어머니. 기쁜 하루였다. 하마터면 오늘도 어머니가 또 가시에 찔리고 불에 델 뻔했다.

은행원에서 수사관으로

1994년 11월 10일. 서울지검 의정부지청에 검찰서기보로 발령받았다. 이제부터 검찰수사관으로 거악 척결의 선봉에 서게 된 것이다. 그러나 그것은 착각이었다. 상고를 나오고 은행에 근무했다는 죄(?)로 서무과 경리계에 배치되었다. "뜻하지 않게 상고를 갔고, 어쩔 수 없이 은행에 입사했었습니다. 자신 없었기에 은행을 그만두고 검찰청 시험을 본 것입니다."라는 말은 못 했다. 선입견은 그렇게 나의 의사와는 무관하게 나를 결정지었다. 검찰청에도 경리계가 있다는 것도 미처 몰랐다.

배치표를 보니 서무과 외에도 여러 검사실, 사건과, 집행과,

공판과 등이 있었다. 대학처럼 여러 과가 많이 보였다. 내가 가야 할 곳은 검사실인데…… 다른 과는 내 전공과 무관한데.

경리계에서 맡은 업무는 물품 지급 그리고 영치(?) 업무였다. 물품은 그렇다 치고 영치는 또 무엇인가. 영치는 자동차 세금을 납부하지 않아 번호판을 가져가는 것도 아니었고, 교도소에 돈을 넣어주는 영치금도 아닌 범죄자들로부터 압수한 물건들을 관리하는 업무였다. 시험공부를 위해 달달 외우기만 했던 업무를 직접 담당해 보니 실감이 났다.

경찰이 범행에 사용한 흉기 등을 압수한 경우 사건기록과 함께 사건과에 접수하고 압수 담당 직원이 압수물 수리 후 이를 영치 담당자인 나에게 인계하였다. 영치된 물건은 보통 사건, 재판 진행과 동행한다. 시간이 지나며 다른 과의 업무들도 대략 알게 되었다. '사건과'는 경찰이 수사한 사건 기록과 영장 등을 접수하고, '집행과'는 법원에서 선고된 벌금 사건들을 확정하고 수납하며 벌금 수배자들을 검거하는 것을 주 업무로, 그리고 '공판과'는 법원 재판과 관련된 업무를 담당했다.

"먼저 첫 번째 소식으로 서초동 대검찰청에 나가 있는 기자

연결해 보겠습니다. 현재 수사는 어떻게 진행되고 있습니까?"

TV를 켜면 늘 마주하는 익숙한 아나운서의 멘트였다. 그렇지만 갓 임용된 수사관이 당장 수사 업무에 투입될 수는 없었다. 시간이 필요했다. 엄격한 도제 과정을 거쳐 마침내 도자기 장인이 탄생하는 것처럼. 검찰에는 수사 외에도 수사관이 해야 할 일들이 참으로 많다는 것을 알고 깜짝 놀랐다.

은행 생활을 몇 년 했다고는 하지만 공무원 조직은 또 달랐다. 내 위로 사다리처럼 뻗어 있는 계급이 먼저 그랬다. 9급 검찰서기보와 8급 검찰서기는 주임이란 호칭으로, 7급 검찰주사보와 6급 검찰주사는 계장으로 불렸다. 다시 5급 사무관, 4급 서기관, 3급 부이사관, 이사관에 이르기까지 계단은 높고도 높았다. 은행에 입사하자마자 계장으로 불렸지만, 몇 개월 새에 주임으로 강등(?)되었다. 말단 검찰서기보에서 나는 과연 몇 계단이나 오를 수 있을까?

때때로 폭탄주도 고역이었다. 유독 술이 약해서 폭탄주 한두 잔에도 정신을 차리지 못했다. 그때마다 술에 관한 한 누구에게도 지지 않으셨던 아버지가 생각났다. 술이 약한 건 순전히 아버지 때문이라고 생각했다. 어렸을 때 술에 취한 아버지가 어머니에게 벼락같이 화를 내고 물건을 내던질때면 너무 무서운 나머지 큰집으로 피신하곤 했다. 그럴 때면 큰어머니는 언제나 "너는 이다음에 커서 술 마시지 말아라."라는 말을 귀가 아프도록 듣곤 했다. 그럴 때마다 어린 나는 큰어머니의 말을 가슴에 새기고 또 새겼다. 아마도 그때 단단히 세뇌된 것이 분명했다. 때로 술을 잘 못 마시는 것이 꼭 손해는 아니었다. 한잔만 마셔도 얼굴부터 온몸이 빨개진 나를 보고 더 이상 강권하기도 쉽지 않아 위기(?)를 모면한 적이 더러 있었다.

최대한 빨리 맡은 업무에 적응하는 것이 급선무였다. 그래야 은행을 박차고 나온 다짐대로 대학 진학에 대한 꿈을 새롭게 꿀 수 있었다. 월급은 은행에 비할 바 아니었지만, 시간상으로는 좀 더 여유가 생겼다. '시간은 돈이다'라고 했으니 어떻게 보면 크게 손해는 아니었다.

두드려라.
그러면 열릴 것이로되!

무릇 반걸음이라도 쌓이지 않으면 천 리에 이를 수 없고, 작은 물줄기가 모이지 않으면 강과 바다가 될 수 없다. 천리마도 한 번의 도약으로 열 보를 갈 수 없으며, 둔한 말이라도 열 마리가 끌면 그 결과가 달라진다. 인내심을 갖고 끝까지 하면 돌도 쇠도 조각할 수 있다.

-순자

업무에 적응하고 여유가 생기자, 대학 진학의 열망이 고개를 들었다. 여기저기 자료를 찾아보니 독학사가 눈에 띄었다. 독학사는 대학에 가지 않고도 스스로 공부하여 학사 학위를 받을 수 있는 평생 교육의 이념을 구현하기 위해 1990년에 시행된 제도였다.

모두 4개의 과정으로 1단계는 교양 과정 인정 과정(2월), 2단계는 전공 기초 과정(5월), 3단계는 전공 심화 과정(8월), 4단계는 학위 취득 인정 시험(10월)으로 1년 안에 대학 4년 과정을 마칠 수 있도록 설계되었다.

법학을 전공으로 접수하고 야심 차게 준비하여 1단계는 식은 죽 먹기로 통과했다. 그러나 2단계를 앞두고 브레이크가 걸렸다. 영치 감사 준비로 두 달 동안 밤낮없이 지내다 보니 2단계는 역부족이었다. 4년 과정을 1년 안에 끝내려는 목표였는데 그러지 못하자 더 이상 응시를 포기하고 말았다. 바쁘다는 업무는 핑계였을지도 모른다. 예전 그 새벽 2시에 일어나 5시간 동안 신문을 돌리던 그때를 잊지 말고 어떻게든 최선을 다했어야 했는데 두고두고 아쉬웠다.

다른 방법은 없을까?

이번에는 방송통신대학을 발견했다. 방송대는 독학사 시행보다 훨씬 이전인 1970년대쯤 설립되었다. 독학사와 마찬가지로 여러 가지 여건으로 대학 교육을 받지 못한 사람들을 위한다는 게 설립 취지였다. 나 같은 사람에게 제격이었다. 들리는 말에 의하면 방송대는 4년 거치 10년 상환이라고들 했다. 4년 만에 졸업할 수도 있지만 10년이 되어도 졸업하기 쉽지 않은 곳이 방송대라는 뜻이었다. 웃고 들어갔다가 울고 나온다는 말을 실감했다. 1학년은 순조로웠다. 그러나 2학년, 3학년으로 올라가면서 이런저런 게으름으로 많은 과목에서 학점 이수를 못 하는 사태가 발생했다. 벼락치기는 통하지 않았다. 호랑이는 토끼 한 마리를 잡을 때도 최선을 다한다는 말이 있었거늘.

여러 가지 생각이 들었다. 고등학교 졸업 후 거의 10년이 지났지만, 아직까지 대학 진학의 목표를 이루지 못하고 여전히 발버둥 치는 모습에 진절머리가 났다. 대학이 무엇이기에……. 대학은 나에게 열등감의 발원지였다. 대학을 나오지 않고는 아무것도 시작할 수 없을 것 같다는 생각이 나를 늘 괴롭혔다. 대학을 졸업해야 내 삶이 진짜로 시작된다고 생각했다. 열등감은 자주 나를 주저앉게 만들었지만 때로는 나를 일으켜 세우고 분발시키는 촉매제였다. 방송대도 중도 포기하기에 이르렀다. 실패, 포기로 이름 붙여진 화살들이 수시로 나에게 날아들었다. 나는 똑바로 걷는 듯했지만 실제로는 늘 절뚝거리고 있었다.

그해 11월 광주지검으로 발령이 났다. 광주는 군 복무 기간 내내 나를 성장시켰고, 첫 정규직으로 일했던 광주은행 본점이 있어 마음속의 고향이나 마찬가지였다. 다시 광주은행 본점으로 출근하고 싶은 마음이 잠시 들었다. 부모님이 계시는 순창까지 한 시간도 걸리지 않아 매주 한 번씩 집에 가서 거동이 불편한 아버지를 씻겨드리고 군대에서 익힌 실력으로 이발도 해 드렸다. 아버지는 여전히 온전한 말 한마디 못하고 계셨다. 슬픔보다 화가 났다. 너무나 가혹한 형벌이었다. 아무 잘못도 없이 평생을 죽어라 일만 하고 동네 궂은일도 마다하지 않았는데 어떻게 스스로 한 발짝도 걷지 못하고, 말 한마디도 못하게 뇌를 망가뜨릴 수 있단 말인가. 집에 갔다 오는 날이면 나 역시도 아버지처럼 걷지도 못하고 말도 못하는 것처럼 망연자실했다.

광주에서는 집행과 기록 보존 업무를 맡았다. 완료된 사건들을 차곡차곡 시골에서 담배를 엮듯이 잘 묶은 후 2층에 있는 창고에 쌓아 보존하는 업무였다. 퇴근 시간이 가까워져 오면 하루 종일 작업한 기록들을 한꺼번에 서너 묶음씩 등에 짊어지고 창고로 올라갔는데 내 적성(?) 딱 맞았다. 한편으로 내가 '검찰 수사관이 맞나.'라는 의문에 휩싸였다.

1997년이 오기까지 아직 여름과 가을 겨울이 남아 있었다. 마지막으로 조선대학교 야간 대학에 진학하기로 목표를 세웠다. 검찰청에서 아주 가까웠고 주경야독이라면 자신이 있어서 안성맞춤이었다. 정말 마지막이라고 생각했다.

두드리면 열리리라!

마지막 관문. 아니 내게는 첫 문이었다. 퇴근과 함께 근처 독서실로 갔다. 7개월간의 주경야독이었다. 국어, 영어, 국사는 그런대로 눈에 들어왔지만, 나머지 과목은 워낙 오랜만에 보아서 그런지 외국어 같았다. 10살 어린 수험생들과 한 교실에서 시험을 보는데 나이 탓인지 공부를 적게 한 탓인지 나 혼자만 여유가 흘러넘쳤다. 무난하게 준비했던 시험이라 성적은 무난하게 잘 나오지 않았다. 그래도 늦게나마 조선대학교 법학과에 입학하게 되었다.

야간
대학생입니다

사람들은 맹인으로 태어난 것보다 더 불행한 것이 뭐냐고 나에게 물어온다. 그럴 때마다 나는 "시력은 있되 비전이 없는 것."이라고 대답한다.

-헬렌 켈러

1997년 3월. 마침내 꿈에도 그리던 대학생이 되었다.

야간 대학이었지만 10년 넘게 산 넘고, 물 건너 바다 건너 도착한 목적지였다. 제때 대학에 입학한 친구들은 두 번 졸업하고

도 한참이 지난 나이였다. 3월의 바람이 아직 차가웠지만 내 마음은 벌써 따뜻한 봄이었다. 참으로 긴 시간을 돌아왔다. 한바탕 치열한 꿈을 꿨는데 10년이 훌쩍 지났다. 내 나이 서른이었다. 서울대학교 체육학과 실패, 독학사 실패, 방송통신대 중도 포기가 주마등처럼 스쳐 갔다.

무등산 아래쪽에 있는 작은방을 하나 얻었다. 보증금 500만 원에 월세 3만 원이었고 연탄을 쓰는 집이었다. 이제 나의 앞길을 막을 장애물은 없었다. 내 용기가 줄어들지 않는 한. 목표는 법원 행정고시였다. 고시만 합격하면 그동안의 모든 고난과 수고를 보상받고 뒤처진 10년을 따라잡는다고 생각했다. 낮에 일하고 밤에 학교에 가고 돌아와 책을 보다가 잠드는 시간의 연속이었다.

그 당시 검찰청사 정문 앞에는 늘 최루탄 냄새가 진동했고, 학교 정문 앞도 마찬가지였다. 나도 저 대열에 합류해서 뭔가 목소리를 내고 싶은 마음은 간절했지만, 신분이 신분인지라 자유로울 수 없었다. 아니 솔직히 피하고 싶었다. 나는 겁쟁이였다. 불의를 보고 눈을 감고 있는 겁쟁이. 매일 새벽 다섯 시에 일어나 두 시간 동안 공부하고, 출근해서는 야간 대학 다닌다는 핑계로 일에 소홀하다는 말을 듣지 않으려고 부지런히 업무에 임했다.

학우들 대부분이 막내 동생뻘 되는 어린 친구들이었다. 모두 초롱초롱 빛나는 눈동자들. 첫 시간은 나도 눈에 힘을 주며 버텨 봤지만 2교시 후반이 되면 내려앉는 눈꺼풀과 싸우느라 늘 비몽사몽이었다. 한번은 밤늦게까지 공부하던 중 그대로 책상에 엎드려 잠이 들었다가 연탄가스에 중독되었는데 출근 시간이 되었는데도 인기척을 못 느낀 할머니에게 발견되어 가까스로 죽을 고비를 넘긴 적도 있었다. 또 한번은 새벽까지 공부하다 말고 쌀을 씻어 전기밥솥에 넣은 후 엉뚱하게 커피포트 플러그를 꽂아두고 아침 운동을 나간 적이 있었는데 돌아와 보니 커피포트는 녹아내리고 방바닥은 시커멓게 눌러 붙어 금방이라도 불이 날 듯 온 방안이 연기로 가득 찼던 아찔한 상황도 있었다.

그해 가을 고속도로에서 사고가 났다. 한창 꿈에 부풀어 남몰래 고시를 향하여 돌진하던 중 또다시 브레이크가 걸린 것이다. 퇴원했지만 언젠가부터 가끔 원인 모를 두통이 시작됐다. 병원에 가도 뚜렷한 이유를 모른다고 했다. 그저 일시적인 교통

사고 후유증이라고 생각하여 참고 또 참았다. 차에 대한 극심한 트라우마도 나를 괴롭혔다. 나 외에는 누구의 운전도 믿을 수 없게 되었다. 장례식장에 친구들이 차를 빌려 함께 가자고 해도 핑계를 대고 기차를 타고 혼자 갔다. 차를 탈 때마다 무언가가 나를 위협하는 것 같았다.

고시에 대한 열정은 누구 못지않게 강렬했지만, 몸과 마음이 지쳐갔다. 그러던 중 아내를 만나 결혼하고 첫째 아들이 태어났다. 그동안의 바쁜 생활에 아이를 키우는 것이 추가되니 하루하루가 전쟁이었다.

2001년 3월 마침내 졸업이었다. 비록 아내에게 큰소리쳤던 고시의 목표는 물거품이 되었지만 그래도 내겐 영광스러운 졸업이었다. 나도 학사가 된 것이다. 15년 동안의 주경야독 열차가 조선대역에서 멈췄다. 나는 역에서 가만히 내렸다. 교정 한가운데 희뿌연 땅속에서 봄기운이 세차게 기지개를 켜고 있었다. 흔들리지 않고 피는 꽃은 그 어디에도 없을 것이다. 나는 계속 흔들리며 달려왔다. 어느 순간 열등감이란 고약한 놈이 새치기하며 열차에 탑승했다. 그놈은 틈만 나면 열차를 탈선시키려 안달이었다. 참으로 못된(?) 놈이었다. 살아온 내내 종양처럼 나를 괴롭혀 온 고졸 콤플렉스에서 드디어 해방되었다.

만세!

나의 사랑
나의 중국어

꿈을 이루는 가장 좋은 방법은 목표를 세우고, 모든 것을 집중하는 거야. 그렇게 하면 단지 희망 사항이었던 것이 '꿈의 목록'으로 바뀌고, 다시 그것이 '해야만 하는 일의 목록'으로 바뀌고, 마침내 '이루어 낸 목록'으로 바뀐단다. 꿈을 가지고 있기만 해서는 안 돼. 꿈은 머리로 생각하는 것이 아니란다. 얘야, 가슴으로 느끼고 손으로 적어 발로 뛰는 게 꿈이지.

-존 고다드

이얼산스우리오치빠…….

2004년 주사보로 승진하면서 인천으로 발령이 났다. 첫 근무 부서는 공안부였는데 그때만 해도 중국 어선들이 우리나라의 수역을 침범하여 불법 어업을 자행하는 행위가 극심했고, 이에 해경에서 밤낮으로 감시와 더불어 불법 조업 어선을 나포했다. 그러나 실제로 나포된 어선의 숫자는 극히 일부에 지나지 않았다. 몇백 척의 어선이 동시에 우리 어업 구역을 침범하여 어업을 행하다가 해경의 추격에 도망가는 어선이 많았고, 체포에 대항하여 격렬하게 저항하는 선원들도 부지기수였다.

2011년에는 해양 경찰관이 불법 조업하는 중국 선원 8명을 제압하고, 조타실에서 저항하는 선원을 체포하는 과정에서 선원이 휘두른 칼에 목숨을 잃고 다른 해경도 칼에 찔리는 참극이 발생했다. 이 사건과 관련하여 선원 등 9명이 구속되어 법의 심판을 받았고 1심에서 칼을 휘두른 선원에게 살인죄가 적용되어 징역 30년이 선고되었다. 이뿐만이 아니다. 2008년에는 해양 경찰관이 목포 해상에서 무허가 조업 중인 중국 어선을 단속하는 과정에서 중국 선원이 휘두른 둔기에 맞아 바다로 추락해 목숨을 잃은 비극이 발생하기도 했는데, 그분들의 고귀하고도 값진 희생으로 지켜진 바다라고 생각하니 숙연해진다.

해경에서는 보통 선박 1척을 나포하게 되면 선장, 기관사, 항해사 등 3명을 구속하여 검찰에 송치했다. 송치된 후 선장부터 차례대로 조사해야 했는데 그때마다 중국어 통역사를 참여시키고 조사를 진행했다. 내가 한국어로 질문을 하면 통역사가 중간에서 중국어로 묻고 선원이 중국어로 대답하면 통역사가 다시 한국어로 번역하여 나에게 불러주는 방식으로 조사가 진행됐다. 중국어를 몰라 처음에는 생소했지만 자꾸 반복되다 보니 어느 순간 내 입에서도

"你好 (니하오, 안녕하세요?)"

"吃饭了吗？(츠팔러마, 밥 먹었습니까?)"라는 중국어를 유창하게 (?) 말할 수 있게 되었다.

나는 서서히 중국어의 매력에 빠져들었고 결국에는 그동안 손때가 묻은 영어책들을 모두 쓰레기통에 던져 버렸다. 만나기 위해 헤어짐이 필요하다. 새로운 것을 담으려면 비워내는 것 또한 필요하다. 매우 아름답지 못한 방식으로 영어와 이별을 선언한 것이다. 무슨 말인지 알아듣지 못해도 중국어를 듣고 있으면 기분이 맑아졌다. 중국어는 때로 소낙비 같기도 하고 어떤 때는 이슬비 같기도 했다. 이따금 성조를 따라 좀 더 집중해서 들으

면 옹달샘 옆으로 난 깊은 산골짜기를 무념무상 속에 걷는 기분이었다. 마치 바다에서 물고기가 햇살을 받으며 팔딱팔딱 뛰어오르는 듯 중국어에서는 그런 생동감이 느껴졌다.

통역사가 중국어는 발음, 성조가 아주 중요하고 또 한편으로 그래서 배우기 어렵다고 했다.

'이참에 중국어를 제대로 한번 해 볼까?'

'그래. 결론은 중국어야. 호랑이를 잡으려면 호랑이 굴로 들어가야지.'

웬 호랑이? 아무튼 나에게는 중국어였다. 대륙으로 들어가는 첫 관문. 지금 당장 중국어 공부를 시작하는 거였다. 즉시 가까운 중국어 학원에 등록했다. 새벽 6시부터 7시까지 한 시간 동안 수업을 듣고 출근했다. 학원 수업을 받고 나서 조사하니 그전보다 훨씬 중국어에 흥미가 느껴졌다.

다음 해 운 좋게 외대에서 중국어 기초반을 수강할 기회를 얻어 성조와 발음 등 기초를 확실히 잡을 수 있었다.

후회하지 말고 지금 당장 시작하자.

세상을 살아가면서 우리는 종종 무언가 시작하는 것을 두려워한다. 실패에 대한 두려움 때문에, 시간이 없어서, 준비가 덜 되어서, 돈이 없어서. 시작할 수 없는 핑계는 헤아릴 수 없다. 그러나 일단 시작해서 가다 보면 길이 나고 길이 보인다. 한 번뿐인 인생이기에 망설이고 주저할 시간이 없다. 하고 싶은 것이 있다면 지금 바로 시작해야 한다.

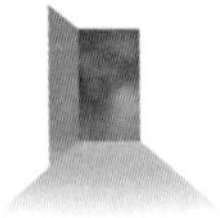

梦想成真
(멍시앙청전, 꿈은 이루어진다)

나는 선수 시절 9천 번 이상 슛을 놓쳤다. 거의 3백 번의 경기에서 졌다. 경기를 승리로 이끌라는 특별 임무를 부여받고도 실패한 적이 26번 있었다. 그리고 나는 인생에서 거듭 실패를 계속해 왔다. 이것이 정확히 내가 성공한 이유다

-마이클 조던

어느 정도 중국어에 자신감이 붙자 2006년부터 유학 시험 준비에 돌입했다. 우선 중국어 능력 시험인 HSK에 응시하고, 한국외국어대학교에서 출제하는 FLEX에도 정기적으로 응시했다. 나의 객관적인 실력을 확인하는 것이 필요했고, 이 시험에서 어느 정도 가능성이 있어야 유학 시험 통과도 예측해 볼 수 있었기 때문이다. 첫 시험 점수는 형편없었다. 첫술에 배부를 수는 없었지만 그래도 실망스러웠다. 큰 소리 읽기로 발음과 성조는 잘 잡았지만, 문법, 단어, 읽기 실력은 아직 크게 부족했다. 그래도 도전은 멈출 수 없었다.

2007년 처음으로 유학 시험에 응시했다.

외국어대학교에서 치른 첫 시험인데 생각보다 잘 봐서 혹시나 하고 합격을 생각해 보았다. 그해 추석을 며칠 앞두고 합격자를 발표했는데 3점 차이 2등으로 아쉽게 고배를 마시고 말았다. 어느 시험이든 마찬가지겠지만 막상 떨어지고 보니 한동안 마음을 추스르기 힘들었다. 추석을 쇠기 위해 시골로 내려갔지만, 연휴 내내 마음이 울적했다. 그렇지만 첫 도전에서 거의 합격에 가까운 점수였기에 너무 실망하기에는 일렀다.

추석을 쇠고 다시 중국어 공부에 매진했다. 점심시간이면 회사 계단을 오르내리며 큰 소리로 읽기 연습을 계속하고 퇴근하면 문법, 듣기에 열중했다. 해가 바뀌어 다시 응시 원서를 제출했고 자신감 있게 시험에 응시했으나 이번에도 역시 2등으로 불합격이었다. 2009년도 마찬가지였다. 그제야 매년 응시 때마다 대학에서 중국어를 전공한 고수가 나타난다는 사실을 알았다. 과연 내가 이렇게 기약 없이 유학 공부에 매달려야 하는가. 불안감이 엄습했다. 처음부터 다시 생각해 보았다. 결론은 그래도 포기할 수 없다는 것이었다. 브레이크가 고장 난 것처럼 이제 멈출 수가 없었다.

대학 때 중국어를 전공한 사람이 마냥 부러웠다. 언어만큼은 전공이 아니어도 자신 있다고 생각했는데, 막상 시험에서 연속해서 세 번을 떨어지니 공부에 집중하기가 어려웠다. 조국과 민족을 위해 애 셋을 낳고 보니 공부할 시간이 거의 없었고 퇴근하면 애들 보다가 지쳐 책상 앞에 쓰러져 잠이 들기 일쑤였다. 아내한테도 미안하고, 애들한테도 너무 미안했다. 공부 시간이 턱없이 부족했지만, 올해가 마지막이라 생각하고 이를 악물었다. 이번에도 낙방하면 미련 없이 중국어책도 불사르겠다고 스스로 선전 포고를 하고 기약 없는 길을 나섰다.

2010년이 밝았다. 중국어 공부를 시작한 지 어언 5년. 유학 시험 도전 4번째 해였다. 발음, 성조가 좋아(?) 중국에서 유학하고 왔냐고 묻는 사람도 많았다. 그때마다 '아니오. 지금 중국 유학 시험 4수생입니다.'라고 속으로 대답했다. 듣기 실력을 향상하려는 마음에 주일 오전 예배가 끝나면 곧바로 1시간 정도 버스를 타고 중국어 예배가 있는 큰 교회로 갔다. 그곳에 많은 한족들이 예배하고 있었다. 눈물을 흘리며 드리는 기도 소리를 들으니 나도 눈물이 흘렀다. 비록 다 알아듣지는 못했지만, 그들처럼 간절하게 원하면 뭐든 이루어질 것 같았다.

다시 시험일, 외대 시험장으로 2시간 일찍 출발했다. 9시 15분까지 입실이기 때문에 시간은 충분했다. 그런데 청량리를 지날 무렵 탈이 났다. 열차 사정으로 잠시 멈춘다고 하더니 도대체 출발할 기미가 보이지 않았다. 전철을 잘못 탔나 싶어 시계를 보니 거의 9시가 가까워져 오고 있었다. 꿈인가 했는데 현실이었다. 앞뒤로 왔다 갔다 어찌할 바를 몰랐다. 여기서 내려 택시를 탈까, 생각하다가 머리가 하얘졌다. 어디에 하소연을 해야 한단 말인가. 지금 시험장에 들어가야 할 시간인데.

서서히 전철이 움직이기 시작했다. 내 호흡도 다시 살아났다. 만반의 준비를 했다. 회기역에 도착하는 순간 빛의 속도로 질주할 생각이었다. 작년, 재작년 시험 보러 왔을 때는 터벅터벅 걸어갔던 길이었다. 전철이 멈추고 문이 열리는 순간 흡사 '날치기범'처럼 쏜살같이 달리기 시작했다. 여기저기서 나를 쳐다보는 눈빛들. 달려야 했다. 이번이 마지막 시험이니까. 일단 입실 시간에 맞춰야 한다. 숨 한번 쉬지 않고 달려 교실로 뛰어 들어갔다. 가쁜 숨을 돌릴 틈도 없이 시험이 시작되었다. 숨을 헐떡이며 문제를 풀어 가는데 집중이 잘되지 않았다. 시간이 어떻게 지나가는지도 모르게 시험이 끝났다. 온몸에서 힘이 빠졌다.

시험을 마치고 아까 뛰었던 그 길을 찬찬히 걸었다. 몇 번이나 길옆에 있는 사주 보는 집에 들어가 볼까 하다 지나쳤다. 이렇게 나는 중국과 이별하는가. 그동안의 미안함을 만회하기 위해 애들과 많은 시간을 보냈다. 마음 한편에서는 이번에도 안 된다면 한바탕 지독한 짝사랑이었다고 믿고 중국어를 놓아주겠다고 마음먹었다. 발표일이 다가오면서 숨을 쉴 수 없을 정도로 답답함이 밀려왔다. 드디어 발표일.

"합격입니다."

그렇게 5년간의 주경야독이 끝이 났다. 집사람에게, 애들에게 뭔가를 보여줬다는 생각에, 그리고 유종의 미를 거뒀다는 생각에 나 자신에게 말했다.

坚持到底就是胜利(지엔츠따오디지오스썽리, 끝까지 포기하지 않으면 승리한다.)

제4장

중국 유학은 처음입니다

여권이랑 비자랑

2011년 2월 14일 오후 3시 30분. 중국 유학을 위해 인천공항으로 출발했다.

그간 중앙공무원교육원에서 집중 훈련으로 출국 준비를 마쳤다. 한 달 내내 여권이며 비자, 각종 준비물 등을 하루에도 몇 번씩 수정하며 마지막으로 또 확인했다. 인천대교에 타이어를 안착시키던 순간 몸은 이미 윈난성 곤명昆明(쿤밍)으로 향하고 있었다. 약간의 사정으로 우선 큰아들과 내가 선발대로 출발하고 집사람과 작은아들, 막내는 여름 방학에 출국하기로 했다.

공항에 도착하여 등산용 벨트를 하나 구입한 후 잠시 의자에 앉아 있는데 갑자기 무언가 허전했다. 아니나 다를까 엊그제 산 노트북이 보이지 않았다. 6시 40분 비행기 출발 시간까지 2시간여가 남았다. 어떻게 해야 하나? 잠시 망설이다가 집사람에게 빨리 갔다 오라고 했다. 다시 생각해 보니 급하게 운전하다가는 사고가 날 수도 있다는 생각에 눈물을 머금고 노트북은 다음에 택배로 받기로 했다. 이제 한 시간 정도 탑승 시간이 남았다. 작은아들, 막내딸 얼굴도 자꾸 몇 번 더 바라보고 안아주고……. 수하물을 부치기 위해 대한항공 데스크로 갔다. 대형 가방 네 개를 올려놓고 나니 여직원이 말했다.

"여권 주세요."
"여권이요? 예."

가방을 열었는데 아, 도저히 있어서는 안 될, 없어야 할 상황이 펼쳐졌다. 내 여권이 보이지 않았다. 이리저리 가방 안을 샅샅이 뒤져보고 탈탈 털어 보았지만 여권은 없었다. 100만 볼트 전기 불꽃이 확 튀는 것처럼 멍했다. 얼굴이 화끈거렸다. 이를 어쩌나. 곧장 외교부 민원센터로 달려갔다. 여권 분실 신고를 하고 새로운 여권을 신청했다. 복사한 파견 관련 공문을 건네주며 비행기 시간이 6시 40분이니 최대한 빨리 발급해 달라고 거듭거듭 부탁했다. 아무리 빨라도 6시 정도에 가능할 것 같다는 민원센터 직원의 입을 원망하며 한편으로는 그래도 안심이 되었다. 6시면 탑승 시간이 아직 40분 정도 남았는데……. 길게 또 길게 호흡을 서너 번 했다.

난생처음 출국이라 그동안 여권, 여권, 비자, 비자를 외쳤는데 이런 어처구니없는 상황이라니. 울고 싶었다. 도대체 대명천지大明天地에 이게 있을 수 있는 일인가? 초조하게 6시를 기다렸다. 몇 번이고 민원 센터로 갔다가 돌아왔다. 시간이 왜 이렇게 빨리 지나가는지, 또 왜 이렇게 늦게 가는지……. 답답했다. 6시 5분 드디어 새로운 여권이 나왔다. 감격에 젖어 수하물 데스크로 달려갔다. 이미 탑승을 마쳐야 할 시간이었다. 발걸음도 마음도 손도 급해졌다. 여권을 받아 든 대한항공 여직원, 눈을 점점 크게 뜨며 잽싸게 여권을 넘겨보더니

"비자가 없는데요?"

"예, 비자요? 그럼 어떻게 합니까?"

나는 그만 그 자리에 고꾸라졌다. 비자를 발급받았던 여권이 없어 조금 전 외교부 민원센터에 분실 신고를 했고, 센터에서는 만약에 찾으면 구청에 습득 신고하라고 했는데…….

그저 대한항공 여직원의 입만 바라볼 수밖에 없었다. 하염없

이. 뭐라고 해야 하는데 말문이 막혀 나오지 않았다.

"그럼 오늘 출국이 불가능한가요?" 겨우 정신을 가다듬고 물었다.

"글쎄요. 일단 제가 쿤밍공항 대한항공 직원에게 전화하고 말씀드릴게요."

잠시 후 "쿤밍공항 직원에게 물어봤는데 일단 그곳 공안(경찰)에 문의를 해봐야 한대요. 5분 정도 걸린다고 하니까 좀 기다리세요."

여직원도 긴장한 빛이 역력했다. 출국 시간까지 25분 정도 남았다. 터벅터벅 아내와 애들이 있는 의자로 돌아오는데 아내가 핸드백을 뒤적뒤적하더니 뭔가를 꺼내는데

소사, 소사, 맙소사! 이런, 이것이 무엇인가. 푸른빛이 감도는 갑옷을 입고, 갑옷 안은 온통 금빛으로 치장했으며 그 앞부분엔 중화인민공화국 비자가 보석처럼 박혀 있는 그것. 내 여권이었다.

(곰곰이 생각해 보니 며칠 전 아내에게 내 여권을 하나 더 복사해 놓으라고 맡겼는데, 복사한 후 그대로 핸드백에 넣어 뒀던 모양이다. 그 이후로 나도 아내도 신경을 쓰지 못하고 그렇게 내 여권은 아내 핸드백 속에 갇혀 있었던 것이다, 에구 불쌍한지고.)

여권을 들고 쏜살같이 민원센터로 달려갔다. 혹시 실수로 분실 등록을 하지 않았다면, 분실 등록을 했어도 다시 취소할 수 있다면……. 지금 이곳에서 벌어진 한 시간 동안의 일들이 모두 무효가 될 수 있다면 하는 간절한 마음으로 달려가 여권을 찾았다고 했더니 그 직원은 아주 침착하고 대단히 단호한 목소리로

"이미 분실 등록을 하여 더 이상 사용이 불가능하니 구청에 신고하세요."라고 말했다.

"아니. 그래도 다시 분실 등록을 취소하면 안 됩니까?" 내가 생각해 보아도 말이 안 되는 소리였지만 나는 그렇게 어린애처럼 애원하고 있었다.

험난한 출국

더 이상 시간이 없었다. 데스크로 뛰어가니 여직원이 계속 핸드폰을 누르고 있었다.

여직원 : 공안 담당자는 안 된다는데요?

나 : 그러면 어떡합니까?

여직원 : 잠시만요. 담당자는 안 된다고 하는데 공안 팀장한테 한 번 더 물어본대요.

금쪽같은 5분이 무심히 지나가고 있었다. 통째로 파먹고 남은 수박처럼 출국 시간이 이제 정말 몇 분 남지 않았다.

여직원 : 팀장은 지금 자리에 없는데요. 공안 담당자가 들어와도 된대요.

나 : 예, 그래요? 감사합니다.

라고 고개를 숙이고 있는 사이 여직원은 "그런데 공안이 지금은 된다고 하는데 도착하면 또 어떻게 나올지 저희도 그건 모릅니다. 거기가 중국이라……."

"네, 뭐라고요?"

순간 종종 듣던 말이 떠올랐다. 중국이란 나라가 애당초 되는 것도 없고, 안 되는 것도 없다. 방금까지 안 된다고 하다가도 되고, 된다고 하다가도 안 된다고 하는 그런 나라다. 화가 치밀어 오르고, 혈압이 상승하고 있는데 여직원이 말했다.

"저희는 손님의 선택을 존중하겠습니다. 손님이 탑승하신다고 하면 수속을 해 드리고요. 그런데 지금 시간이 너무 없습니다. 빨리 결정 부탁드립니다."

순간 아내를 향해 "이왕 이렇게 된 거, 다시 비자를 받아 편하게 나갈까?"라는 한마디를 던짐과 동시에 결정을 내렸다. '고

지가 바로 저긴데 포기할 수는 없다.'

비장한 목소리로 "탑승하겠습니다."라고 소리쳤다.

"네." 하는 대답과 함께 갑자기 바빠졌다.

공항에 수많은 사람이 왔다 갔다 하는데 아무도 보이지 않았다. 왜 기내용 가방을 여섯 개나 준비했는지 나 원 참. 일단 남자 직원 한 명이 가방 두 개를 가지고 앞서 뛰어갔다. 나와 큰놈도 각각 가방 두 개씩을 둘러메고 출국 심사장으로 달렸다. 남은 시간 10여 분.

계속 KE858기 탑승을 재촉하는 안내 방송이 귓가를 때렸다.

탑승 안내 말씀드리겠습니다. 18:40분에 쿤밍으로 가는 ○○항공 ○○○편에 탑승하지 않은 승객께서는 지금 즉시……

May I have your attention, please!

우리 둘의 탑승을 재촉하는 방송이었다.

야속하게도 출국 심사장에서 또 브레이크가 걸렸다. 여권을 보여 달라는 것이었다. 그놈의 지긋지긋한 여권. 신여권과 구여권을 동시에 내밀며 방금 있었던 일을 3초 동안 설명했다. 연신 비행기 탑승 시간이 10분밖에 남지 않았다고 소리를 지르면서……. 내 말을 들은 직원은 무덤덤했다. 이번에도 신여권에 비자가 없으니 일단 심사과로 가서 자세하게 확인하라는 것이었다. 그냥 주저앉고 싶었다. 편하게 집으로 돌아가고 싶었다. 더 이상 긴박하게 따지는 것이 너무 초라하게 느껴졌다. 심사과로 들어갔다. 심사과 직원은 대뜸 두 개의 여권을 전산 시스템으로 확인해 보더니 이게 무슨 일인가. 아직 분실 등록이 안 되었고, 둘 다 정상이라고 했다.

"이 여권으로 쿤밍에 도착했는데 그사이에 분실 등록이 되면 어떻게 합니까? 강제 퇴거 당하는 거 아닙니까?"라고 물었더니 걱정하지 말라고 했다. 잽싸게 심사과를 나와 출국 검사대를 통과하려는데 또 다른 직원이 이번에는 "이건 100밀리 이상 액체여서 안 되는데요." 하며 샴푸 하나를 꺼냈다.

'예. 님 맘대로 해요. 난 시간이 없어요, 이제 3분 남았어요. 비행기를 타야 한다니까요, 제발 저를 막지 마세요.'라고 마음속으로 소리를 질렀다. 막무가내로 100미터 달리기를 하듯 맹렬히 달리는데 큰아들이 지쳤는지 뛰질 못했다. 빨리 뛰라고 다그치고 싶었지만 말이 나오지 않았다.

입에 거품을 물고 비행기에 올랐다. 이륙 2분 전이었다. 자리를 찾아가는데 몇몇 사람들이 면접관처럼 나와 아들을 번갈아 쳐다봤다. 다섯 시간의 비행이다. 설마 중간에 내리지는 않겠지? 다섯 시간 후 쿤밍공항에서 과연 나는 강제 퇴거를 당할 것인가, 아니면 무사히 통과할 것인가? 잠시 공안의 험상궂은 얼굴이 내 앞에 그려졌다 사라졌다.

아들에게 미안했다. 아빠와 엄마의 자작극도 아니었는데. 작은아들까지 데리고 올 생각이었다면 탑승은 아예 불가능했을 것이다. 그렇게 뛰어야 했으니까. 기내에서 저녁 식사를 하고 나니 밖은 온통 깜깜했다. 조금 전의 모든 소란을 덮으려는 듯. 갑자기 비행기가 움찔했다. 10분 후면 쿤밍공항이다. 오는 내내 몇 번이나 남자 승무원에게 또 자초지종을 설명하고 쿤밍 대한항공 직원에게 연락해 보라고 부탁했다. 중국 공안에서는 비자 없는 한국인 승객을 기다리고 있을 텐데. 쿤밍공항에 도착하면 어떻게 해야 하는지 등등. 그 직원 역시 심사과 직원 말처럼 이미 출국 수속이 이루어졌으니 아무 문제가 없을 것이라고 했다. 출국 심사를 무사히 받고 탑승한 이상, 현지에서 문제 된 사람을 보지 못했다고 했다. 안심이 되었지만 그래도 내심 걱정이 가시지 않았다. 드디어 쿤밍공항. 긴장된 눈빛으로 입국 심사를 받기 위해 줄을 섰다. 한 사람 한 사람 통과할 때마다 내 순서가 다가올수록 자꾸 뒷걸음치고 있었다. 이윽고 내 앞에 한 사람만 있었다. 고개를 빼어 들고 중국 직원이 어떻게 심사하는지를 살펴보았다. 전산 시스템에 넣어 보는 것 같기도 했다. 그러면 5시간 비행 사이에 전산에 분실 등록이 될 수도 있을 텐데. 저렇게 꼼꼼하게 살펴보면 안 되는데…….

먼저 아들이 심사를 받고 통과를 했다. 독일 병정처럼 높은 곳에서 사방을 두리번거리는 공안들의 눈빛이 예사로워 보이지 않았다. 아무렇지도 않게 그냥 툭 여권을 내밀었다. 다리에 힘을 잔뜩 주고 선고를 기다리는 피고인처럼 서 있는데 아무 말 없이 여권을 돌려줬다.

유창한 발음으로 "씨에씨에."로 화답하고 심사장을 통과했다. "휴."

곤명(昆明,쿤밍)표류기

중국이다. 운남성云南省(윈난성) 곤명에 발을 디뎠다.

윈난성은 중국 남서부에 있다. 중국에서 비교적 개발이 더뎌 경제적으로 낙후된 지역이지만 석림, 여강, 차마고도, 샹그릴라 등 관광지가 즐비하다. 중국은 한족 외에 55개 소수 민족으로 이루어져 있는데 25개의 소수 민족이 윈난성에 살고 있다고 한다. 곤명은 윈난성의 성도이다. 해발 1,900미터의 고지대로 일 년 내내 날씨가 온화하여 사람들은 쿤밍을 '봄의 도시'라고 부른다.

인천국제공항에서 4시간 비행 끝에 곤명에 도착했다. 출국 전 곤명에 있는 윈난대학에서 어학연수를 받기로 허가를 받았었다. 곤명을 택한 이유는 중국 어느 지역이든지 대부분 한국 사람들이 많이 거주하고 있었지만 곤명에는 아직까지 그다지 많지 않았기 때문이었다. 한국 사람이 살고 있는 지역에서는 중국어를 전혀 못 해도 생활하는 데 아무 지장이 없다. 물론 영어권이나 다른 언어 지역도 마찬가지겠지만. 곤명장수공항에 도착했는데도 아직 실감이 나지 않았다. 택시를 타고 미리 숙소로 예약해 둔 한국인 운영의 게스트 하우스로 가던 중 배가 고파 잠시 내렸다. 두리번거리다 보니 피자집이 눈에 띄었다. 아들이 말했다.

"여기도 피자집이 있네. 우리 중국 입성 기념으로 피자 먹자."

곤명의 피자 맛이 궁금했다. 피자를 주문했는데 10분이 지나도 나오지 않고 20분이 거의 다 되어서야 나왔다. 순간 아찔했다. 아래쪽이 누룽지처럼 타 거의 먹을 수 없는 지경이었다. 한국 같았으면 그런 일이 일어나지도 않았을 거지만 발생한다고 해도 사장님이 공손히 사과하고 교환을 했을 텐데. 화가 치밀었지만, 첫날부터 따지고 들면 앞으로 중국 생활이 편치 않을 것 같은 예감에 대충 위만 골라 먹었다.

공기가 맑았다. 농부가 수확한 벼를 가을 햇살에 정성껏 말린 다음 방앗간에 가지고 가 곱게 찧은 쌀처럼. 여러 번 정화하여 뽑아낸 신선한 공기만 내어놓은 것처럼. 피자집에 들어갈 때보다 더 허기가 밀려왔다. 어서 게스트 하우스로 가보자. 주변에 한국 식당이 좀 있겠지. 게스트 하우스에 짐을 풀고 주인장이 알려준 한국 식당으로 걸어가는데 갑자기 아들이 태풍에 나무 쓰러지듯 길바닥에 주저앉아 눕고 말았다.

'이를 어쩌나.' 오늘이 중국 입성 첫날인데. 만약 잘못되면 지금 당장이라도 빨리 한국으로 귀국해야 할지도 모른다는 생각이 들었다. 아빠처럼 오랜 목표가 있어 온 것도 아니고 느닷없이(?) 이 낯선 곳으로 따라왔으니…….

큰일이다. 얼굴을 보니 새하얗다. 눈은 초점이 흐려 보인다. 지나가는 사람도 없었다. 기절한 듯 아무 말이 없었다. 고산병인가? 평탄한 곳에서 10년 이상을 살다 갑자기 해발 1,900미터에 내려놓으니 그런 것일까. 만반의 준비를 한다고 했는데 고산병은 생각지도 못했다. 고산병은 갑자기 높은 지대에 놓였을 때 머리가 아프고 피곤해지며 식욕이 없어지는 증상이다. 심한 경우 두통이 더 심해지고 토할 것 같으며 숨쉬기가 매우 힘들어진다.

게스트 하우스 주인장에게 서둘러 전화했다. 주인장은 일단 근처에 있는 한국 식당으로 빨리 옮기라고 했다. 아들을 업고 달렸다. 5분 정도 거리였는데 참으로 멀게 느껴졌다. 식당에 도착하자마자 아들을 눕히고 주인에게 좀 봐달라고 했다. 주인은 '고산병은 아닌 것 같고 긴장이 풀려서 그럴 수 있으니 좀 누워 있으면 괜찮아질 것 같다.'라고 주치의처럼 진단을 내렸다. 정말? 그렇다면 다행이다. 찬물을 마시게 했다. 잠시 후 아들이 눈을 뜨고 스스로 일어나 앉았다. 휴! 십년감수했다. 아들은 뭔 일이 있었는지 아무 기억이 안 난다고 했다. 아들이 좋아하는 삼겹살로 점심을 먹었다. 사장님으로부터 주변 학교며 한인 모임이며 일장 연설을 듣고 게스트 하우스로 돌아왔다.

중국 소학교

云南昆明龙泉育才学校(윈난쿤밍용천육재학교)

출국 전부터 알아본 한국인 운영의 게스트 하우스에 여장을 풀었다. 3월이면 2학기가 시작될 시기여서 큰아들 학교를 알아보는 것이 급선무였다. 중국에 공립학교, 사립학교, 국제학교, 한국국제학교 등이 있었는데, 공립학교가 가장 좋은 선택이었으나 입학이 쉽지 않았다. 공립학교는 비용이 거의 들지 않고, 선생님 수준도 좋다고 해서 서너 곳의 학교를 찾아가 담당자를 만나 봤으나 입학이 허락되는 곳은 없었다. 워낙 학생 수가 많아 추가로 받아줄 자리가 없다는 것이었다. 하는 수 없이 사립학교를 알아보기 시작했고 결국 택한 학교는 곤명 시내에 있는 용천육재학교였다. 한국 학생이 10여 명 정도여서 중국어를 제대로 배워보고 실제 중국의 학교를 경험해 보자는 생각이었다.

학교는 전형적인 농촌학교였다. 소학교 1학년부터 중학교 3학년까지 다닐 수 있는 9년제 학교였다. 학교 안에, 그리고 학교 바로 옆에 기숙사가 있어서 대부분의 학생이 기숙사에서 생활했다. 나와 아들은 학교의 허락을 받고 기숙사에 들어갔다. 학교에서 3분 거리에 기숙사가 있었는데 작은방 하나에 자그마한 침대가 두 개 있었고, 책상 하나가 있었다. 특이한 것은 방 안에 수세식 화장실이 있다는 것이었다. 실제로 방을 보고 아찔했다. 진짜로 방 안에 교도소처럼 화장실이 있었다. 좀 망설여졌다. 아무리 경험도 중요하다고 하지만 머나먼 중국에 와서 이런 곳에서 생활해야 하나?라는 생각이 들었다. 얼마간 고민은 했지만 결론은 기숙사였다.

나는 윈난대학에서 어학연수를 받고 아들은 소학교 5학년으로 들어가 학교생활이 시작되었다. 기숙사는 아침 6시가 기상시간이었다. 여섯 시 정각에 기상 벨이 울리고 제시간에 나오지 않으면 사감이 문을 두드렸다. 처음 며칠은 긴장한 나머지 6

시가 되기도 전에 일어났다. 침구를 대충 정리하고 눈을 비비는 아들과 함께 학교 운동장으로 가서 두 바퀴 달리고 체조를 했다. 그리고 7시부터 아침 식사 배식이 이루어졌다. 아들은 중국 반찬에 혀를 내두르고 거의 먹지 못했다. 식판 위에 밥이며 국이며 반찬들을 한꺼번에 퍼 주었다. 나는 괜찮은데 아들의 적응이 문제였다. 한참 잘 먹어야 할 시기인데 입에 맞지 않으니 큰일이었다. 궁리 끝에 저녁마다 3킬로미터 떨어진 맥도널드에서 햄버거를 사 왔다가 새벽이 되면 버너를 이용하여 냄비에 물을 끓이고 그릇에 햄버거를 넣어 데워줬다. 이러한 지극정성을 아들은 아는지 모르는지…….

점심때가 되면 모든 학생이 식판에 밥을 받아 운동장에 앉거나 거닐며 밥을 먹었다. 선생님도 마찬가지였다. 우리나라에서는 상상할 수 없는 풍경이었다.

학교 안의 화장실을 보고 충격을 받았다. 문 없는 화장실이 있다는 말을 듣기는 했지만, 막상 두 눈으로 보고 나니 기분이 묘했다. 그러나 이제 와서 어쩌랴!

중국은 듣던 대로 탁구, 농구가 절대적인 구기 종목이었다. 땅덩어리는 세계 2위로 넓지만 정작 쓸모 있는 땅은 많지 않아 운동장이 크지는 않았지만, 대부분의 학교에 농구 코트와 탁구

대 여러 개가 운동장에 있었다. 운동을 좋아한 아들도 탁구, 농구를 하며 차츰 학교생활에 적응했다. 얼마 후에는 청소년 수련관에 탁구 레슨을 신청하여 주말이면 탁구 레슨도 받게 되었는데 레슨 규모가 상상 이상이었다. 큰 체육관에 탁구대가 50개 이상 있었고, 아직 초등학교도 입학하지 않은 어린아이부터 노인에 이르기까지 아침 일찍부터 레슨을 받는 것을 보니 중국 탁구가 왜 강한지 다시 한번 실감했고 한편으로는 부러운 마음이 들었다.

평화로운 나날이 이어지던 어느 날, 반갑지 않은 뉴스(?)가 전해졌다. 조회 시간에 자꾸 뒤에 있는 중국애가 아들 귀에 대고 기침을 하며 놀렸다고 했다. 학생 43명 중 한국인은 딱 아들 한 명이니 참을 수밖에. 그런데 얼마나 계속 그랬던지 결국 아들도 참지 못하고 일대일 격투가 벌어졌다. 얼마나 심하게 싸웠는지 아들 옷이 여기저기 찢겨 있었고, 코피 쏟은 흔적도 보였다. 중국 아이도 코뼈에 실금이 가고, 왼쪽 눈 밑이 퉁퉁 부었다고 했다.

담임 선생님의 연락을 받고 급히 학교로 갔다. 걱정이 태산이었다. 어렵게 입학했는데 한국인이라고 무슨 구실이라도 잡아 퇴학을 시킨다면 낭패였다. 미안하다고 사과부터 했다. 담임 선생님은 중국 학생이 먼저 잘못했으니 크게 걱정할 필요는 없고, 다음부터 자신도 잘 지도하겠다고 했다. 비록 나라는 달랐지만, 생각하는 것은 크게 다르지 않음을 알고 무척 고마운 생각이 들었다. 그 후로 학교생활에 어려운 일이 있을 때마다 여러 번 담임 선생님을 찾아가 도움을 청했는데 늘 동네 아저씨처럼 친절하고 다정하게 대해 주었다.

로마에 가면 로마법을 따르라고 했다. 싱가포르에는 지금도 태형이라는 형벌이 존재한다. 언젠가 뉴스에 미국의 18살 청소년이 싱가포르에서 자동차에 낙서하고 찌그러뜨리는 행위로 4개월 구속과 함께 태형 6대를 선고받았는데 이 소식이 백악관에 전해졌고 당시 대통령이었던 클린턴은 싱가포르 총리에게 전화하여 청소년을 풀어주고 미국으로 보내라고 요청했다. 경제 제재 등을 언급하며 석방을 촉구하였지만, 싱가포르 대통령은 "누구든 싱가포르 땅에서 법을 어긴 자는 합당한 처벌을 받아야 하며 예외는 있을 수 없다. 다만 미국 대통령이 선처를 호소한 점을 감안하여 태형 2대를 감해준다."라고 응답하고 태형 4대를 집행했다고 한다.

법에 국한된 것만은 아닐 것이다. 그 나라의 문화, 풍습, 제도 등 여러 영역에서도 마찬가지다. 그간 내가 살아온 환경, 도시, 국가에서 몸에 밴 습관들은 아무리 먼 곳으로 가도 따라다니고 또 부지불식간에 행동으로 나타난다. 한 발짝 뒤로 물러서 여유를 가지고 이해하려는 노력, 발상의 전환이 필요하지 않을까?

아들의 어느 하루

아침 6시 20분. 기숙사 선생님이 각 방문을 세차게 두드리며 기상을 재촉한다. ‘起来, 起来.(치라이, 일어나) 고함을 지르고 문을 두드린다. 한 방마다 ‘쿵, 쿵, 쿵.’ 대략 일곱 번씩 두드리는데 여간 거슬리는 게 아니다. 기숙사에 들어온 지 넉 달이 지났는데도 아직 적응이 덜 된 것인지. 두드리기 전에 나는 벌써 자동으로 잠이 깨어 있었고 아들은 피곤한지 꿈쩍하지도 않았다. 어제 아내가 국제택배로 보내온 책 중 『우리들의 일그러진 영웅』을 좀 늦게까지 읽고 잠자리에 들어서 그런 것 같다.

7시 30분. 더 타협은 없다. 세수하고 머리 감고 밥 먹으려면 이제는 일어나야 한다. 아들은 몇 차례 재촉에 눈을 비비고 일어났다. 그리고 나보고 물을 받아 달라고 하고는 샴푸로 머리를 감는 대신 그냥 물로만 적셨다. "아빠가 중국까지 너 시중들러 왔냐?"는 말이 툭 튀어나오려다 말았다. 세숫대야 두 개에 적당히 따뜻한 물을 받아 주었다. 어떤 때는 샴푸까지 머리에 묻혀 감겨주기도 했는데 오늘은 내가 운이 좋다.

아침은 누룽지다. 어제 아내가 책과 함께 보내온 그 노릇노릇한 빛이 감도는 누룽지. 이름은 누룽지지만 아내의 사랑이 누렇게 색칠되어 있다. 곤명 생활도 20일 정도 남았다. 아들은 누룽지와 짜짜로니, 컵라면을 보고 감격해했다. 곤명 생활은 쉽지 않았다. 화장실까지 딸린 이 좁은 방에서 한동안 매일 새벽 6시에 일어나 곧장 학교로 가 운동장을 돌고 체조를 한 뒤 아침밥을 먹었다. 중국 학생들과 똑같이 생활하려다 보니 도저히 버틸 수가 없어서 얼마 전부터 담임 선생님께 허락받고 아침 체조는 참석하지 않기로 했다. 가장 큰 고민은 점심. 기름기 가득한 반찬들을 보온 도시락 같은 그릇에 마구 퍼 주었는데 도저히 먹지 못하겠다고 했다. 그래서 한 달 전부터는 오전 3교시만 했다. 아이고 가엾어라! 원래대로라면 8시부터 12시까지 오전 수업하고, 12시부터 12시 40분까지 점심을 먹은 다음, 기숙사로 돌아와 2시 10분까지 낮잠을 자고, 2시 30분부터 5시까지 오후 수업을 하는 일정이었다.

8시가 되자 아들은 학교에 갔다. 학교는 기숙사에서 3분 거리다. 곤명에 오자마자 학교를 정하지 못하고 윈난성 4박 5일 여행을 갔다 와서 단번에 정한 중국 소학교다. 한국이라면 올해 6학년 1학기인데 중국은 9월에 신학기가 시작되는 관계로 5학년 2반으로 입학했다. 반에서 한국 학생은 아들 한 명이었지만, 생면부지의 낯선 중국 학교에서 생각보다 잘 적응했다. 물론 중간에 한 번 중국 학생과 코피가 터지도록 심하게 싸운 적은 있지만.

11시 5분. 3교시가 끝났다.

오후에는 나와 같이 윈난대학에서 1시 15분부터 3시 25분까지 중국어 수업을 들어야 한다. 교문 앞에서 기다리는데 4교시 시작까지 중국 친구들과 농구를 하고 있다. 쉬는 시간에도 애들이 탁구와 농구를 쉬지 않는다. 시작종이 울리자 교문을 나와 67번 버스를 타고 강동 화원 앞에서 내린 다음 다시 96번 버스로 갈아탔다. 다행히 오늘도 빈자리가 있었다. 기분이 좋은 날이다. 이렇게 앉아서 가는 게 얼마 만인가! 버스 요금은 1원짜리와 2원짜리가 있는데, 에어컨이 되는 96번은 2원이다. 중국 돈 1원이 우리나라 돈으로는 180원 정도 된다. 신문도 보통 1원이다. 비싸서(?) 신문 사는 것은 포기했다. 한국에서는 버스를 타는 일이 거의 없었는데 차가 없으니 오고 가는 데 약 50분 걸리는 버스를 탄다. 예전에는 버스가 조금만 늦어도 짜증이었는데 얌전히 기다리는 것을 보니 참을성이 꽤 생긴 모양이다. 기특해라!

11시 55분, 윈난사범대학 앞에서 내려 조선족 식당 '아리랑'에서 점심을 먹었다. 오늘 메뉴는 돌솥비빔밥. 그리고 라면, 떡볶이 다 합쳐서 45원(약 9,000원)이다. 한 달 내내 아리랑 옆에 있는 한국 식당에서 점심을 먹었더니 이젠 물렸다. 그래서 오늘은 조선족 사장이 운영한다는 아리랑으로 간 것이다. 아들은 라면 맛이 한국보다 더 낫다고 말하는데, 내 솜씨만은 못한 것 같아도 제법 라면 맛이 난다. 떡볶이에는 어묵이 없다. 그 많던 어묵은 다 어디로 갔을까?

식사를 마치고 12시 30분쯤 윈난대학 도서관 앞에 있는 농구장 앞 나무 밑에 앉아 휴식을 취했다. 아들이 농구를 하고 싶은

데 오늘은 공을 가지고 오지 않았다. 바로 앞에서 혼자 농구를 하는 중국 아저씨에게 슬며시 다가가 같이 농구를 한다. 중국에 오기 전에는 농구는 거의 안 하던 아들이 중국 소학교에 들어가고부터 탁구와 농구를 하더니 얼마나 열심히 했는지 벌써 나보다 드리블 솜씨가 더 낫다. 1시 16분부터 3시까지 중국어 수업을 듣고 숙소로 향했다. 오늘은 학교에서 4시에 체육 시험이 있는데 다른 시험은 몰라도 체육 시험은 꼭 보고 싶다고 해서 좀 일찍 끝낸 것이다.

돌아올 때는 윈난대학 남문 앞에서 139번(마을버스)을 탄 다음, 96번을 탔다. 날씨는 여전히 구름 천지다. 곤명은 구름 천국이다. 금방이라도 비가 쏟아질 것 같은데 몇 시간째 천둥을 치며 변죽만 울리고 있다. 곤명에서 듣는 천둥소리는 얼마나 큰지 귀가 얼얼하다 못해 금세 건물을 날려 버릴 것처럼 험상궂다. 며칠간 천둥소리에 잔뜩 겁을 먹다가 곰곰이 생각해 보니 이곳이 해발 1,900여 미터였다. 이렇게 높은 곳에서 들으니 그 소리가 어찌 요란하지 않겠는가? 어제 윈난대학 매점에서 69원(한국에서 13,000원 정도)이라는 거금을 주고 우산을 샀는데, 오늘도 비가 오지 않으니 이거 참. 이렇게 잔뜩 구름이 끼고 비는 오지 않는 날씨가 좋다. 해만 나오면 그 강렬함이 얼마나 강한지 오래 있으면 아픈 느낌까지 든다.

3시 45분쯤 강동 화원에 내렸다. 내림과 동시에 자동으로 전동 오토바이 아저씨가 있는지를 확인하는데, 오늘은 딱 한 명이 있었다. 이미 습관이 되어 아저씨에게 손짓했다. 요금은 5원(한화 900원)이다. 비싸긴 해도 걸으면 10분 정도 거리를 둘이 타고 씽, 씽. 씽 버스 사이를 뚫고 질주하면 금세 소학교에 도착이다.

아들은 체육 시험을 보고 돌아왔다. 저녁을 먹으러 윈난한국국제학교로 가려는데 갑자기 비가 퍼붓기 시작했다. 국제학교 가는 것을 포기하고 저녁은 또 짜짜로니로 해결했다. 그리고 아들은 아내가 보내준 책 중 『해저 2만 리』를 7시 40분까지 읽고 노트북 앞으로 다가간다. 오늘도 변함없이 '무한도전 다시 보기'를 본다. 8시 40분까지 인터넷을 한 뒤 아들은 키를 재 볼 테니 도와달라고 했다. 오늘 잰 아들의 키는 1미터 52. 많이 컸다. 키만큼 마음도 커야 할 텐데……

다시 책이 재미있다고 9시 40분까지 책을 읽고 잠자리에 들었다. 내일 아침 7시에 깨워달라는 말과 함께.

어서 와,
쿤밍 목욕탕은 처음이지?

윈난성 입성 후 두 달 만에 목욕탕에 갔다. 기숙사에서 7분 거리에 있었는데 등잔 밑이 어둡다고 그동안 어딜 찾아 헤맸는지. 생각보다(?) 가격이 만만치 않았다. 혼자 가면 8원인데 아들하고 같이 가니 1원 할인해서 15원이란다. 우리 돈으로 환산하면 1,450원 정도 되었다.

목욕탕은 사람들이 많이 오가는 시장 입구에 있었다. 중국답게 간판은 온통 빨간색이다. 궁금증 반, 불안감 반쯤이 나를 긴장시켰다.

벽에는 무뚝뚝하게 '목욕'이라는 두 글자가 쓰여 있고, 빨간 간판에는 '아늑한 목욕'이라고 써어 있었다. 그리고 주의 사항에 '성병, 에이즈, 고혈압, 심장병과 각종 피부 질환 환자는 목욕탕 입장을 엄중히 금한다고 적혀 있었다. 목욕은 8원, 때 미는 것은 5원'이라는 안내까지 읽어보고 들어갔다. 15원을 계산했는데 그뿐이었다. 아무런 안내도 없었다.

안이 어두컴컴하여 두리번거리다 스위치 두 개를 발견하고 동시에 내렸더니 옆 탕에서 "아!"하고 비명을 질렀다. 불을 켠다는 것이 옆에서 목욕하고 있던 방의 등을 끈 것이었다. 에구머니나. "对不起(뚜에 부치, 죄송합니다)"를 연발하며 정중하게 스위치를 올려 주었다. 예감은 급속하게 불안 쪽으로 곤두박질쳤다.

세상에나, 세상에나 말이 목욕탕이지 딱히 문자로 표현하기가 민망할 정도였다. 해수욕장 샤워 부스처럼 두 칸으로 나뉘었고, 두 개의 수도관 중에 한쪽은 온수 다른 쪽은 냉수가 나오도록 정밀하게(?) 설치되어 있고, 의자 하나가 있었다. 물을 틀었는데 졸, 졸, 졸. 아직 날씨가 추운데 온수는 생트집 중. 비누도 수건도 없었다. 오랜만에 등도 좀 밀어볼 생각이었는데 아예 포기했다. 그러나 거금 15원을 냈으니 본전을 뽑아야 했다. 수도꼭지를 쥐어짜며 온수를 끌어내 머리를 감는데 머리카락이 한 움큼씩 빠졌다. 혹시 물 때문이 아닐까? 화학 성분을 잔뜩 집어

넣은 게 아닐까? 의심했다. 중국에 오기 전에 우스갯소리로 심심찮게 들었던 말이 떠올랐다.

'한국 부부가 중국 여행 중에 택시를 탔는데 택시가 갑자기 멈췄고, 택시 기사가 남편에게 차를 좀 밀어달라고 했는데 그대로 아내만 태우고 가버렸다.'는 등의 얘기들.

공부를 열심히 해서 그런지, 나이를 먹어서 그런지 머리도 많이 빠지고 귀도 좀 먹은 모양이다. 자연스러운 현상이건만 어째 많이 슬프다. 요사이 아들이 왜 같은 말을 두 번씩 물어보냐고 눈을 치켜뜨며 성화를 부리곤 한다. 어제는 아들 학교 운동장에 앉아서 얘기하던 중 아들이 "중국에도 초코송이가 있네."라는 말을 듣고 "뭐, 중국에 축구 선수가 왔어?"라고 되물은 적이 있고, 또 어느 날은 저녁을 먹으러 가는 도중 "토요일 아침에 애들이 축구하러 간대. 한번 가는데 60원 한다던데 나도 가볼까."라는 말을 듣고 60원을 "뭐, 유치원이라고?" 하며 되물었던 적도 있었다. 장난이 아니었다. 늘 아들한테 한 번 더 말해 달라고 하는 버릇이 생겼고, 그러면 아들도 "또 안 들려?"라고 묻는 경우가 허다했다. 너무 걱정된 나머지 큰맘 먹고 검사를 해보기로 마음먹었다.

곤명에서 가장 큰 홍십자병원으로 갔다. 의사에게 한국 사람이라고 거듭 강조하고 청력 저하로 말이 산뜻하게 들리지 않는다고 했더니 청력 검사가 필요하다고 했다. 여자 간호사가 검사했다. "소리가 안 들리는 쪽 손을 드세요."라고 했다. 개미 기어가는 듯한 작은 소리까지 다 들렸다.

의사는 큰 소리로 말했다.

"메이원티没问题(이상 없습니다)"

그러면서 혹시 뇌세포에 이상이 있을 수 있다고 하면서 거금 300원어치나 되는 약을 처방해 줬다. 집에 와서 한두 번 먹고 난 후 갑자기 드는 생각. '약 잘못 먹다가 완전히 귀머거리가 되는 거 아냐?'라는 걱정에, 아까운(?) 약을 모두 쓰레기통에 던져버렸다.

청력 검사 결과가 이상 없는 것과 실제로 대화를 듣는 것은 아무런 관련이 없어 보였다. 그 후에도 여전히 한 번에 정확히 알아듣지 못한 상황은 계속되었다. '베토벤처럼 되면 어쩌지?' 하는 걱정 때문에 몹시 불안했다.

청력은 그렇다 치고 이번에는 저녁마다 발가락에 통증이 심해 잠을 제대로 잘 수 없는 날이 많아졌다. 인터넷으로 검색해 보니 영락없는 통풍이었다. 마치 바늘로 찌르는 듯한 통증이 계속되어 아내에게 전화하여 '이러이러한 증상이니 병원에 가서 얘기하고 약을 지어서 들어오라'고 말해 두었다.

통풍은 귀족병이라고 했다. 출국한 이후 집밥은 아예 먹지 못하고 자주 한인 식당에서 먹다 보니 진짜로 통풍이 온 것일까. 그동안 중국어 듣기 공부를 한답시고 이어폰을 너무 오래 끼웠나 하는 생각도 들었다. 윈난대학에서의 어학연수도 순조롭게 끝나 가는 데 건강의 중요함을 다시 실감했다.

윈난성 둘러보기

곤명에 둥지를 튼 지 2주일밖에 안 되어 집도 아들 학교도 정하지 못했지만 먼저 윈난성에 신고식을 하기로 했다.

1. **석림**石林

2011년 2월 22일 아침 여덟 시. 곤명에서 버스로 두 시간 거리에 있는 석림으로 향했다. 중형 버스인데 금방이라도 바퀴가 떨어져 나갈 듯 덜커덩덜커덩 난리다. 두 시간쯤 지나 석림에 도착했다. 그야말로 바위 숲이다. 마치 숨바꼭질을 하듯이 돌 뒤에 돌, 돌 앞에 돌. 온통 돌 숲이다. 작은 놈이건 큰 놈이건 하나같이 평화롭다.

치마바위, 코끼리바위, 철모바위, 창바위 각자 최고인 듯 교만한 것 같지만 말 한 마디 없다. 겸손하다. 이렇게 많은 사람이 찾아오면 우쭐거릴 법도 한데 그저 조용하다.

2. 대리大理(따리) 그리고 여강丽江(리장)

버스를 타고 쿤밍으로 돌아와 저녁을 먹고 10시에 쿤밍역에서 따리행 잉워(눕는 좌석) 기차를 탔다. 3층으로 된 침대칸이었는데 나는 맨 위에, 아들은 낙상 염려 때문에 1층 침대칸에 몸을 뉘었다. 밤새 한숨도 자지 못했다. 집에서도 잠을 잘 자지 못하는 성격인데 기차 안이 시끄럽고, 이상한 놈들(?)이 자꾸 기웃거리는 것 같아 온밤을 뜬눈으로 새웠다.

눈을 떠보니 따리역이다. 새벽 여섯 시. 새벽인데도 역 앞은 시끌벅적했다. 5마오(1원의 절반)를 내고 잠깐 화장실을 다녀온 후 간단히 요기하고 다시 차를 타고 선착장으로 향하는데 이런. 일행 중 여사 한 분이 소매치기를 당했다고 했다. 중국은 아직도 공중화장실이 유료였다. 몇 번이고 상황을 되짚어 보는데 대충 각이 나오는 모양이다. 따리역에 내리자마자 공중화장실에 가서 요금을 지불하려고 하니 잔돈이 보이지 않아 여행 경비를 몽땅 넣어둔 봉투에서 돈을 꺼내 지불했는데, 그때 주위에서 이 장면을 보고 있던 소매치기가 뒤를 따라다니다가 쥐도 새도 모르게 꺼내간 것 같다고……. 가방 지퍼가 열려 있었고, 몇 번을 확인했는데 돈봉투는 온데간데없단다. 자그마치 5,000원(한화 약 90만 원). 모두들 소매치기를 조심해야 한다고 한마디씩 한다. 좀 전에 식당에 들어갔을 때 어떤 중국 사람이 일부러 무언가를 바닥에 흘려 주의를 끄는 걸 봤는데 분명 소매치기 일당 같다고 했다. 일단 돈 많은 것이 노출되면 내 돈이 아니라고 생각해야 한다. 여권은 무사하니 불행 중 다행이라고 위로하면서 선착장에 도착했다.

호수인데 바다만큼 넓어서 얼하이洱海라고 한단다. 유람선을 타고 약 2시간 정도 호수 위에서 유람하고 중간에 삼도차 공연을 관람했다. 삼도차는 바이족白族의 전통차인데 이 이름은 마시는 차 이름이 아니라 차를 마시는 방법에서 비롯되었다고 한다. 몇 잔을 연거푸 마셨는데 도대체 무슨 맛인지 모르겠다. 잠시 호수 안에 있는 고성을 한 바퀴 둘러보고 여강고성으로 출발하는 차에 올랐다. 저녁 7시쯤 여강고성에 도착했다. 추운 곳에 오래 있다가 화롯가에 앉은 것처럼 고성은 그렇게 아늑했다. 객잔에 짐을 풀고, 밖으로 나갔다. 골목은 온통 여행객들로 북적인다. 빨갛게 수줍어하는 수많은 등불 사이로 고성의 밤은 깊어갔다.

3. 호도협虎跳峽(후티아오시아)

중국에는 55개의 소수민족이 살고 있는데 그중 거의 절반인 25개 소수민족이 윈난성에 살고 있다. 인상 공연은 장이머우 감독이 제작한 것으로 3,100미터 중턱에 있는 옥룡설산을 배경으로 지상 12층 높이인 원형의 야외 상설 공연장에서 500여 명의 원주민들이 출연하여 마방, 술타령, 천상 인간, 타도 조합, 북춤 제사, 기도 의식 등 소수 민족의 삶을 보여준다.

인상 공연을 보고 다시 차를 타고 옥룡설산으로 향했다. 햇볕은 이렇게 뜨거운데 저 멀리 옥룡설산은 하얀 눈으로 뒤덮여 있었다. 금방이라도 눈에 들어올 것같이 가까워 보였는데, 가도 가도 아직이었다. 연신 아들과 번갈아 가면서 창문 너머로 보이는 설산을 카메라로 담았다. 리프트를 타고 한참을 올라가니 드디어 옥룡설산이다. 여행 시작부터 지금 이 순간까지 그렇게 되뇌던 설산 고지가 바로 여기구나. 그렇지만 설산은 정중하게 우리들의 입산을 거절하였다.

설산을 내려오니 이제 마지막 여정인 호도협이다. 차는 두 시간여를 달려 호도협 입구에 다다랐다. 몇 번에 걸쳐 주의 사항을 들은 후 또 아들에게 조심하라고 신신당부를 한 후 말에 올랐다. 백마가 마음에 들어 골랐는데 조금 가다 보니 영 시원찮았다. 이놈의(?) 말이 몇 발짝 가더니 킁킁 콧소리를 내며 피곤한 기색을 온몸으로 드러냈다. 이렇게 가파른 길을 말 혼자 걸어갔다 내려오기도 쉽지가 않을 텐데 사람들을 태우고 올라간다고 생각하니 도저히 말 등에 앉을 수도 없을뿐더러 말 위에서 내려다보이는 협곡이 너무나 아찔하여 눈을 뜰 수 없었다. 천 길 낭떠러지였다. 나는 더 이상 말을 타고 갈 수 없어 말에서 내렸다. 오늘 나의 마방은 참 운수 좋은 날이다. 고생하지 않고 하루 일당을 벌 수 있으니.

호도협은 5,596미터인 옥룡설산玉龙雪山과 5,396미터인 하바설산哈巴雪山 사이로 중국 대륙의 젖줄인 장강의 원류 진샤강金沙江이 흐르는 17킬로미터 길이에 표고 차 3,800미터의 길고 깊은 협곡으로, 협곡의 가장 좁은 폭이 5미터에 불과해 사냥꾼에게 쫓기던 호랑이가 단번에 뛰어넘었다고 해서 호도협虎跳峡이라 부른다고 한다.

4. 샹그릴라(香歌里拉)

'샹그릴라Shangri-La'는 1933년 영국 소설가 제임스 힐턴이 쓴 소설 『잃어버린 지평선』에 나오는, 평생 늙지 않고 영원한 젊음을 누릴 수 있는 유토피아다. 샹그릴라는 히말라야산맥의 어느 티베트 마을을 모델로 삼았다고 하는데, 1997년 중국 정부는 중뎬이 바로 소설의 배경인 샹그릴라라고 발표하고, 2001년에는 아예 샹그릴라로 개명했는데 개명 후 한 해 방문자가 7만 명에 불과했던 오지 마을이 관광지로 탈바꿈하여, 2012년에는 757만 명으로 대폭 증가했다고 한다.

아침 6시 51분. 기상을 알리기라도 하듯 덩리쥔의 노래 티엔

미미甜蜜蜜가 흘러나온다. 어둠을 무사히 통과하면 이런 달콤함이 있음을 알려주려는 것 같아 기분이 절로 좋아진다. 잠시 후 여강역에 내려 빵차面包车를 타고 버스 터미널로 가서 샹그릴라 버스로 갈아탔다. 심란한 비포장도로를 뚫고 12시 53분 마침내 샹그릴라현에 도착하고, 다시 택시를 타고 10분 정도를 가서 내린 후 예약한 호스텔에 짐을 풀었다. 한국 주인장이 말했다. 샹그릴라에 와서는 너무 많은 것을 보려고 욕심내지 말라고.

하루에 한두 곳만 보세요.

해발 3,300미터이기에 욕심을 내면 낭패를 당하기 십상이란다. 주인장은 느리게 천천히 살고 싶어서 이곳에 왔다고 했다. 샹그릴라에 한국 사람은 자기 혼자인데 몇 해 전 쿤밍에 오자마자 지금의 나시족纳西族 아내를 만났다며 그간의 중국 생활을 말해준다.

푸젠성 샤먼으로 유턴

어학연수가 끝나가고 있었다. 원래대로라면 윈난대학에서 어학연수를 마치고 곧바로 대학원에 진학할 예정이었다. 곧 있으면 아내와 작은아들, 막내딸이 출국하여 함께 지내게 될 상황이었다. 그런데 당시 윈난성은 치안이 불안하다는 소문을 많이 들었고 거기다가 유괴 사건이 심심찮게 발생한다는 뉴스를 접하고는 고민이 되었다. 둘째가 초등학교 2학년, 셋째가 이제 입학할 나이여서 안전이 최우선이었다. 시내버스를 타고 다니면 계속해서 최근에 발생한 사건의 범인을 추적하고 수배한다는 내용이 실시간으로 모니터에서 방송되고 있었다. 결국 어학연수가 끝나는 대로 치안이 좋다고 평가되는 푸젠성 하문으로 옮기기로 했다.

푸젠성은 중국 남동부에 있다. 대만 해협을 사이에 두고 대만과 마주 보고 있고, 또 대만과 중간에 금문도가 있다. 하문(샤먼)은 반도와 섬으로 이루어진 푸젠성 제2의 도시로 1980년에 덩샤오핑이 중국 최초의 경제특구 중 하나로 하문을 지정하면서 자본주의를 가장 먼저 받아들이고 정착시켰던 도시다.

하문으로 결정하고 나니 이번에는 나의 대학원과 애들 학교가 문제였다. 큰아들이 다니던 곤명의 중국 소학교라면 아무 걱정 없이 작은아들은 3학년, 막내딸은 1학년으로 들어갈 수 있었겠지만 처음부터 다시 알아봐야 했다. 우선 대학원은 샤먼대학 법학대학원으로 정했다. 샤먼은 중국 사람들이 가장 여행하고 싶은 도시 중 하나였고 또 샤먼대학은 가장 아름다운 캠퍼스일 뿐만 아니라 대학 서열도 20위권에 드는 명문이었다. 1921년 싱가포르로 이민을 가 부호富豪가 된 화교華僑가 대학을 세웠다. 중국을 대표하는 혁명가이자 문학가인 루쉰魯迅이 샤먼대학 교수로 있었던 것을 기념해 꾸민 기념관도 있다.

다행히 먼저 하문대학에서 어학연수를 받고 있던 유학생 동기의 도움을 받아 지원한 끝에 비교적 수월하게 대학원 입학이 허가되었다. 2001년에 야간 대학을 졸업한 지가 엊그제 같았는데 다시 10년 후 중국 최고 명문 대학 중 하나인 하문대학 법학대학원에 입학하다니 실감이 나지 않았다. 중국은 대학 안에 엄청나게 많은 아파트를 지어 교수와 직원에게 분양했고 분양받은 교직원들이 실제로는 살지 않고 밖에 새집을 얻어 사는 경우가 많다고 했다. 그래서 나도 교직원 아파트를 임대했다. 한 달 집세는 약 2,000위안(한화 약 50만 원) 정도였는데 관광 도시다 보니 집값이나 물가가 상당히 비쌌다. 작은 집이었지만 오랜만에 다섯 식구가 중국이라는 낯선 땅에서 함께 지내게 된 것이 너무나 감개무량했다.

대학원생들은 대부분 이제 고작 스물한두 살 정도로 막냇동생보다 한참 어렸다. 나이는 어렸지만, 전국에서 치열한 경쟁을 뚫고 입학한 손꼽히는 수재들이었다. 발표면 발표, 토론이면 토론 어느 하나 빠지는 것이 없을 정도로 우등생들이었다. 중국어를 6년 정도 공부했고, 유학 시험을 통과했다고 하지만 원어민 교수들이 자국 대학원생들을 대상으로 진행하는 강의를 따라가는 것은 대단히 어려운 일이었다. 외국인이라고 따로 시간을 내어 보강해 주는 것도 아니고, 학점을 면제해 주는 것도 아니었다. 다만 과제 제출로 어느 정도 학점 인정을 해 주는 경우는 있었지만. 발표라도 한번 할라치면 내용은 그렇다 쳐도 서투른 중국어는 여전히 나를 당황하게 했다.

중국 친구들은 나를 짜오꺼赵哥(조형)라고 불렀다. 10명 정도가 같은 전공이었는데 모두 참 순수하고 열정이 많은 친구들이었다. 그들은 서로 순번을 정하여 기꺼이 내 중국어 선생님이 되어 주었고, 이따금 숙제도 도와줬다. 나는 답례로 집으로 초대하여 김치찌개나 삼겹살을 정성껏 대접했는데 그 친구들은 '하오츠好吃(맛있다). 하오츠'를 연발했다.

운이 좋았는지 지도 교수는 한국을 잘 알고 있는 분이었다. 이미 한국을 서너 차례 다녀온 경험도 있었고, 정기적으로 친분을 나누고 있는 검찰청 직원도 있다고 했다. 한국에 우호적인 지도 교수를 만난 것이 천만다행이었지만 학생인 나에게까지 항상 우호적이지(?)는 않았다. 지나칠 정도로 꼼꼼하고 원칙 주의자였다. 논문 준비 과정에서도 얼마나 깐깐하게 체크를 하고 수정을 요구했는지 몸살이 날 지경이었다.

한 번은 고마움의 표시로 음식을 대접하기 위해 제법 유명한 한국 식당 '아리랑'을 갔다. 나는 특별히 일식으로 주문했다. 맛있다고 감탄할 지도 교수를 생각하니 내가 먼저 군침이 돌았다. 이윽고 도착한 지도 교수. 근데 이게 웬일? 지도 교수는 회를 먹지 못한다고 했다. 중국 사람들은 대부분 모든 음식을 튀기거나 삶아 먹는다며……. 얼마나 무안하고 난처했던지. 얼른 쇠고기로 메뉴를 바꿔 겨우겨우 식사를 마쳤다.

2년 동안의 대학원 생활. 여러 가지를 느낄 수 있었다. 하루가 다르게 발전하는 중국의 모습. 그 이면에 심각한 빈부 격차, 젊은 중국 학생들의 피나는 노력은 참으로 대단해 보였다.

세 분의 교수 앞에서 치러진 논문 심사를 무사히 통과하니 그동안 막혔던 혈이 뻥 뚫리는 기분이었다. 이제 귀국이 가까워졌다.

낮잠이 싫어요!

하문에서도 역시 애들 셋을 공립학교에 보내지 못하고 집에서 가까운 대만 사립학교에 보내게 되었다. 쿤밍 소학교와 달리 한국 학생들도 꽤 있었고, 학교 분위기도 상당히 자유로워 마음에 들었다. 셋이 1년을 다녔는데 처음에 가장 애로사항이 '우수웨이午睡(낮잠)'였다. 일명 오침 시간. 중국인들은 남녀노소 할 것 없이 낮잠을 자는 것이 습관이 되었다. 그래서 점심시간은 보통 2시간이었다. 첫째는 6학년이고 이미 어느 정도 경험이 있어서 문제가 아니었지만, 아직 3학년, 1학년으로 들어간 둘째, 셋째는 거의 매일 울면서 점심시간을 힘겨워했다. 점심시간에 어디 조금만 움직이려고 하면 관리상의 문제 때문에 꼼짝하지 못하게 했다. 시간이 약이라고 했던가. 그렇게 힘들어했지만, 낮잠도 어느 순간 익숙해져 잠을 쿨쿨 자기 시작했다.

애들은 금방 적응한다고 사람들은 말했지만 어디 그게 말처럼 쉬웠겠는가. 큰아들이 한국 학생 하나 없는 교실에서 중국 학생과 대판 싸웠을 때랑, 둘째 셋째가 낮잠에 힘들어할 때를 생각하니 마음이 아려왔다. 그때는 참아야 한다고, 적응해야 한다고 다그치기 바빴다. 다른 애들도 다 그랬다고 하면서 말이다.

중국어로 말하는 것도 마찬가지였을 것이다.

출국 전에 여러 번 기초는 배워야 한다고 했는데도 나 외에는 공감하지 못한 듯했다. 큰아들은 6개월이 지났는데도 아직 별다른 진전이 없어 보였다. 중국에 대한 반감 지수도 급격히 상승했다. 중국은 더럽다느니 중국 드라마는 재미없다느니 하면서 핸드폰으로 매일 한국 드라마를 보는 데 열중했다. 그러니 어디 중국어 실력이 늘겠는가.

둘째, 셋째는 나이가 어려 그래도 좀 속도가 빨랐다. '왜'라는 말이 필요 없었다. 그저 듣는 대로, 보는 대로 받아들였다. 하루 종일 중국 애들과 함께 공부하고 뛰어놀고, 또 집에 와서도 쉬지 않고 중국 만화에 빠져 TV를 보더니 6개월이 지날 무렵에는 말문이 트이기 시작했다. 마치 스펀지처럼 흡수한다는 말이 맞았다.

1년 후에는 필리핀 국제학교로 옮겼다. 아파트도 국제학교 부근 아파트로 이사했는데 이전보다 1,000위안이 비싼 월 3,000원이었다. 학교는 아파트 바로 앞에 있었다. 대만 학교와는 완전히 분위기가 달랐다. 엄격함보다는 자율이 강조되고 공부보다는 놀이, 공연 등에 많은 시간을 할애했다. 학교 정문 옆에 수영장이 있었는데 거의 우리 것이나 다름없을 정도로 이용을 많이 했다. 시내 번화가에 미국 국제학교가 있었는데 학비가 우리 돈으로 1년 2,000만 원 정도로 필리핀 국제학교의 두 배가 넘었다. 학교는 여러모로 마음에 들었지만 필리핀 국제학교도 우리에게는 부담이었다. 영어로만 진행되는 학교 수업인데 교재를 보니 대학을 졸업한 나도 이해하기 힘든 수준이었다.

비록 짧다면 짧고, 길다면 긴 1년 동안의 국제학교생활이었지만 아이들에게는 가장 행복하고 즐겁게 지낸 기간이었다고 지금도 늘 말한다. 2분도 채 걸리지 않은 거리를 거의 매일 아침 자전거에 둘째와 셋째를 태우고 갔던 기억이 새롭다.

제5장

검찰 수사관입니다

의문의 1패

광주지검으로 발령을 받고 마땅히 지낼 곳이 없어 청사廳舍 뒤편에 있는 고시원에 둥지를 틀었다. 손바닥만 한 크기였지만 그래도 희한하게 두 발을 뻗을 수 있고, 벽에 옷을 걸 수 있을 만큼은 되었다.

몇 년 사이에 명암이 교차했다. 신문 배달을 하던 때 얼마나 고달팠던가. 5~6명이 방 한 칸에서 칼잠을 자곤 했다. 위생이라고는 생각할 수도 없었다. 한번은 누구한테서 시작되었는지도 모르게 순식간에 옴이라는 피부병에 모두가 전염되어 새벽까지 잠을 못 자고 곧바로 신문을 돌리던 기억도 있었다. 그러다가 너무 졸린 나머지 아파트 출입문 앞에 신문을 깔고 코를 골며 자는데 문을 연 아주머니가 기절초풍했던 일도 있었다.

그러다가 은행에 합격하여 하얀 와이셔츠에 빨간 넥타이를 매고 고객을 맞이하던 때는 얼마나 멋진 화이트칼라였던가. 그러고 다시 은행을 그만두고 삭발하고 노숙자처럼 형 집에 얹혀 지내던 시간. 아마도 그때 나는 더욱더 초라해지고 싶었다. 초라해진다는 것이 크게 부끄럽지 않았다. 그러한 자신감은 당시 뭐든 해보려고 도전 중이었고, 자신이 있었으며, 결코 낙담하거나 희망을 버리지 않았기 때문이었다.

나는 야생화처럼 자유롭고 강인한 삶을 꿈꿨다. 온실 속이 아닌 자연의 들판에서, 비가 내리면 그 비를 맞고, 눈이 내리면 눈을 맞고, 거센 폭풍우에도 흔들리지 않으면서 봄이면 활짝 피어나는 그런 꽃이 되고 싶었다.

야생화

-류시화

만약 원한다면 야생화처럼 살라

단, 꽃을 피우라

꼭

매일 아침 다음 봄까지 열심히 살아남기로 맹세하며 새벽을 시작했다. 7급 도전도 못 하고 돌아섰던 아쉬움이 가슴 한구석에 남았다. 한편으로 9급을 3개월 만에 합격했다는 자신감이 경찰 간부 후보생 시험에 도전하도록 이끌었다. 97년 합격을 목표로 다시 시작된 주경야독. 이미 익숙해진 내 삶의 궤도였다.

일과가 마무리되면 고시원으로 돌아왔다. 맡은 업무가 밀리지 않도록 일과 시간에 최대한 바쁘게 움직이고, 저녁 7시부터 11시까지 그리고 새벽 5시부터 2시간을 공부 시간으로 정했다. 민법 총칙부터 시작하여 필기 과목들을 몇 차례 읽었다.

그해 10월이었던가. 필기시험에 앞서 1차 신체검사가 있었다. 조퇴하고 시간에 맞춰 신검 장소인 전남도청 앞 무도관으로 향했다. 민주화 운동의 심장이라고 생각하니 발걸음이 무거웠다. 조심조심 무도관으로 들어갔다. 이미 도착한 건장한 청년들로 안은 열기가 넘쳤다. 가만히 내 차례를 기다렸다. 키 통과 기준은 167센티미터였다.

지금까지 내 키는 정확히 167센티미터였다. 고등학교 때부터 지금까지. 키를 재기 위해 맨발로 올라섰다. 심호흡하고, 아랫배에 힘을 주고 가만히 허공을 응시했다.

"불합격입니다. 166.4입니다."

"예? 그럴 리가요. 저는 지금까지 167센티로 살아왔는데요."

"다시 해 주세요."

"까치발은 안 됩니다. 내려 주세요."

최대한 턱을 앞으로 내밀고 뱃가죽을 들이밀고 가슴을 내밀고 목을 뽑아 보았다. 숨을 멈췄다.

그리고 기다렸다.

"예. 마찬가지입니다. 166.6입니다. 내려오세요. 다른 시험 알아보시고요."

감전된 듯 내려오지 못하고 한참 동안 기다렸다.

"예?"

어찌 이럴 수가? 누구를 원망하랴.

누가 볼세라 황급히 무도관을 빠져나왔다.

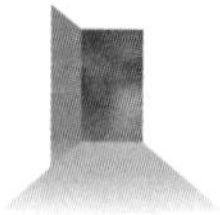

난공불락(難攻不落)!

6급 승진이 워낙 늦어 사무관 승진에 대한 미련을 접고 2020년에 명예퇴직 하기로 마음을 먹고 퇴직을 대비해 노무사 자격증 취득 시험에 도전하기도 했다. 공안부 근무할 때 많은 노동사건을 접했던 터라 평소 관심이 있었다. 노무사는 사용자와 근로자 사이에 발생하는 노동 분쟁을 원만하게 해결하는 역할을 한다. 근로 계약 관계, 퇴직금 문제, 징계, 해고, 직장 폐쇄 등 제반 근로 문제에 있어서 근로자와 사용자를 대변한다.

시험은 1차는 민법, 사회 보험법, 노동법, 경영학 개론으로 40점 과락에 평균 60점 이상이면 통과하고, 2차는 사례형으로 노동법, 인사노무관리, 행정쟁송법, 민사소송법으로 상대 평가다. 1년에 평균 300명 정도 선발한다. 대부분 젊은이들이 합격자의 대다수여서 50세가 넘은 내가 도전하기에는 만만치 않아 보였다.

1차 응시 조건은 영어 공인 점수가 필요했다. 지텔프 65점 이상, 토익 700점 이상, 텝스 340점 이상 등이었다. 그래도 좀 쉽다는 지텔프를 택했는데 이미 영어에 손을 놓은 지 거의 20년이 되어 65점을 넘는다는 것이 보통 일이 아니었다. "나이스 투 미츄, 헤버 굿 데이." 정도만 머리에 맴돌았다. 노무사 하는데 영어가 왜 필요할까. 국제화 시대에 왜 꼭 영어여야 하나. 의문이었다. 중국어는 왜 포함이 안 되는가. 순전히 자신 없는 내 마음 때문에 나온 불만이었다.

실로 오랜만에 영어책을 폈는데 검은 것은 글자요 흰 것은 나의 창백한 마음이었다. 거의 매달 2회 시험이 있는데 첫 번째 도전한 시험에서 평균 43점으로 합격과 한참이 멀었다. 공부는 하지 않고 이곳저곳 정보를 알아보니 연말 시험이 난이도가 낮다는 소문을 듣고 12월 마지막 시험에 응시했는데 역시 평균 57점으로 불합격했다. 영어를 통과해야 1차 시험이라도 응시할 수 있는데 참으로 난감했다. 새해 2월에 진행되는 시험까지 응시했으나 이번에도 역부족이었다.

그해 5월에 실시된 1차 시험은 영어 때문에 원천 봉쇄가 되었고 다음 해 1, 2차를 목표로 했다. 노무사 학원 역시 서울 신림동에 주로 있었다. 주말을 이용하여 학원 강의를 듣기로 했다. 집에서 학원까지는 왕복 4시간 이상이 걸렸다. 여러 번 지하철을 갈아타고 마지막은 버스를 타야 했다.

수강생들로 북적이는 강의실을 보고 깜짝 놀랐다. 대부분이 20대의 아들 또래였다. 맨 뒤쪽에 겨우 자리를 잡고 앉았다. 여기도 일타 강사는 오프라인 강의 듣기도 쉽지 않았다. 순식간에 매진이 되고 다른 교실에서 동영상으로 강의를 듣는 반도 꽉 찰 정도였다. 눈에 불을 켜고 열심인 젊은 청년들을 보며 감탄이 나오면서도 마음이 착잡했다.

그러나 어쩌랴. 나도 이제 곧 퇴직인데. 칠판이 멀어 글씨조차 제대로 보이지 않는다. 딱딱한 의자에 한참을 앉아 있으려니 좀도 쑤시고, 졸음도 쏟아지고……. 나이 먹고 뭘 한다는 것은 정말 쉬운 것이 아니라는 것만은 분명했다.

"그러게, 이보게. 젊었을 때 좀 열심히 하지. 사람은 때가 있는 법이야. 공부할 때, 놀 때, 여행할 때, 효도할 때. 그렇지만 지금도 늦지 않았어. 늦었다고 생각할 때가 가장 빠른 때라고 하잖아." 누군가 내게 속삭이는 것 같았다.

'그래, 그때는 잘 몰랐지. 아무도 나에게 얘기해 주는 사람이 없었거든. 나침판이나 지도를 내게 좀 보여주고 알려줬으면 시행착오를 덜 겪었을 텐데 말이야. 맞아, 내 사전에 늦었다는 단어는 없어.' 나는 나에게 힘주어 말했다.

집으로 돌아오는 길은 늘 파김치였다. 기껏 머리에 저장된 수업 내용도 순식간에 사라졌다. 집에 와서 틈틈이 영어 공부도 해야 했다. 1년이 금방 지나갔다. 그해 12월 성동구에 있는 중학교에서 치른 지텔프 시험에서 드디어 67점으로 합격선을 장렬하게 통과했다. 이듬해 치른 1차 시험을 우수한 성적으로 합격하고(사실 1차는 합격률이 50%에 이른다), 자신감으로 9월에 있었던 2차 시험에 응시했다. 인천 서구의 한 고등학교에서 치른 2차 시험은 그야말로 난공불락難攻不落이었다. 시험은 두 과목씩 이틀에 걸쳐 진행됐는데 사례 1문제당 보통 16페이지 답안지를 펜으로 직접 써야 하는 시험이었다. 공부한 문제가 나왔다고 해도 연로(?)한 내가 시간 안에 답안을 작성하는 것은 쉽지 않았다. 이틀 동안의 격전을 치르니 맥이 쭉 빠졌다. 2차 성적 42.33점으로 합격선인 60점에 턱없이 부족했다.

'이 시험은 내게는 너무 까칠해. 쉽게 허락할 것 같지가 않아. 그냥 차분히 민법 공부하는 게 낫겠어.' 워낙 초라한 성적을 받고 보니 너무 무모한 도전 같았다. 내년에는 1차 면제를 받기 때문에 다시 도전해 볼 여지는 남아 있었다. 문제는 확신이었다. 20대의 대학생들이 거의 합격생 대부분을 차지하는데 그야말로 노장인 내가 그 안에 들어간다는 것은 낙타가 바늘구멍을 통과하는 것처럼 어렵게 느껴졌다.

1차를 면제받고 다시 도전한 다음 해의 2차 시험 역시 노무사 씨는 냉정하게 나를 거절하며 말했다.

"당신은 아직 때가 아니야. 그 정도 노력으로는 어림도 없어, 내가 그렇게 호락호락해 보여? 천만의 말씀. 인생에 쉬운 게 어디 있겠어?"

노무사 씨 말이 백번 맞았다. 명예퇴직 날짜를 헤아리며 나는 잠시 멈추기로 했다.

기우

기우杞憂는 일어날 가능성이 매우 희박한 일을 지나치게 걱정하고 두려워하는 것을 뜻하는 중국 고사성어다. 옛날 기나라에 살던 어떤 사람이 하늘이 무너지고 땅이 꺼지지 않을까 전전긍긍하며 몹시 두려워했다. 결국 다른 사람이 하늘은 기운으로 가득 차 있어 해와 달, 별이 떨어지지 않고, 땅 역시 기운이 뭉쳐 있어 꺼지지 않는다는 걸 설명해 준 후에 비로소 안심했다는 이야기이다.

7급으로 승진하여 검사실로 배치된 후 첫 구속 사건 조사가 예정되었다. 검찰직으로 들어오자마자 수사를 할 거라고 생각했는데 아니었다. 그동안 쭉 검찰 사무직 명칭 그대로 수사 업무가 아닌 사무 업무를 담당했다. 영치, 벌금 수납, 벌금 수배자 검거, 사건 접수 등. 충분한 사전 연습 없이 갑자기 전투에 투입된 것이나 마찬가지였다. 총검술, 격파, 사격 등을 익힌 다음 전투에 투입되어야 맞거늘 전혀 준비되지 않은 병사가 전쟁터에 나간 꼴이 되었다. 수사 실무 교육을 수차례 받긴 했지만…….

선거 과정에서 금품을 제공한 공직 선거법 위반 사건이라 선 송치되어 하루 전에 기록을 볼 수 있는 것이 그나마 다행이었다. 두 명이 구속된 사건이라 그런지 기록이 2,000페이지가 넘었다. 복수방이라 7급 선배 수사관이 한 명이 더 있어서 각자 한 명씩 조사하기로 역할이 분담됐다. 검사실에 수사관이 한 명 있으면 단수방, 두 명 있으면 복수방이라고 했다. 선배와 함께 밤늦도록 기록을 검토했다. 처음 보는 두꺼운 기록인 데다 부인하는 사건이라 아무리 여러 번 봐도 머리만 지끈거릴 뿐 잡히는 게 없었다. 밤 11시쯤 선배는 먼저 퇴근했다. 9층 사무실 불은 모두 꺼졌고 이제 나 혼자였다. 지도를 그리듯이 계속 기록을 점검했다. 이러다 밤새우겠는걸. 수사 실무 교육 시험을 보는 것처럼 혼자 질문을 던지고 답을 해봤다. 새벽 2시를 넘고 있었다. 더는 안 될 것 같았다. 몇 시간이라도 눈을 붙여야 오전에 조사를 시작할 수 있을 것 같아 눈물을 머금고 숙소로 향했다.

막상 잠을 자려고 누웠지만 아까 본 기록 내용들이 어른거려 쉽게 잠을 이룰 수 없었다. 예전 한때 당구에 미쳐 눕기만 하면 천장에 당구공이 굴러가는 것처럼. '심하게 부인할 것 같은데, 그럼 어떻게 하지? 능력이 없는 수사관으로 소문나면…….' 걱정이 꼬리에 꼬리를 물고 나를 구석으로 몰고 갔다. 이럴 줄 알았으면 주임 때 조사를 좀 배워둘걸. 머리가 지끈지끈했다. 거의 가수면 상태로 날이 밝았다. 결전의 시간이 서서히 다가오고 있었다. 조사의 달인 선배들에게 물어보면 하나같이 말했다. "너무 걱정하지 마. 시간이 해결해 주니까." 참 이해가 가지 않는 말이었다. 아침 일찍 구내식당에서 밥을 먹는 둥 마는 둥 하고 사무실로 올라갔다. 한 번이라도 기록을 더 볼 생각으로. 잠시 후 여유 있는 모습으로 선배가 출근했다. "굿모닝." 달랑 그 한마디였다. 영어라곤.

소환 시간은 10시로 정했다. 최소한 오전에 인정신문을 해야 했다. 사무실을 쭉 한번 둘러봤다. 정면에 검사, 왼쪽에 선배, 오른쪽에 나 그리고 출입문 쪽에 실무관이다. 그리고 내 앞에 딱딱한 철제 의자가 긴장한 나머지 부동자세로 놓여 있었다.

책상 위도 꼼꼼하게 살폈다. 어떤 일이 벌어질지 모르니 사전에 철저히 대비해야 한다. 말 그대로 유비무환.

10시 정각이다. 5분을 미루고 나는 자꾸 뒷걸음질 치고 있었다. 이젠 물러설 수 없는 시간이 되었다. 조심스럽게 전화기를 들었다. ○○○씨 올려주세요. 심호흡을 몇 번하고 안 가도 되는 화장실도 다녀왔다. 곧이어 수갑을 찬 채 호송 줄에 묶인 피의자가 도착했다. 자리에 앉자 힘껏 인상을 쓰며 그렇지만 부드럽게 인사를 했다. 호송줄과 수갑을 해제하고 순서에 따라 진술거부권을 고지했다.

귀하는 일체의 진술을 하지 아니하거나 개개의 질문에 대하여 진술하지 아니할 수 있습니다. 귀하가 진술을 거부하더라도 불이익을 받지 아니합니다. 귀하가 진술을 거부할 권리를 포기하고 행한 진술은 법정에서 유죄의 증거로 사용할 수 있습니다. 귀하가 신문을 받을 때는 변호인을 참여하게 하는 등 변호인의 조력을 받을 수 있습니다.

부인하든 자백하든 그것은 피의자의 선택이고 마음이다. 부인한다고 무죄가 될 수 없고, 자백한다고 모두 유죄가 될 수 없다. 중요한 것은 범죄 사실을 증명할 수 있는 증거다. 나를 째려보는 피의자의 눈빛에서 적대감이 느껴졌다. 태어나서 처음 보는 사이인데. 억울함도 많다는 눈빛이었다. 조심스럽게 조사가 시작되었지만, 진술을 거부하겠다는 것인지 답변이 신통치 않았다. 금방 진술 거부권 고지 때에는 아무 말 없었는데…….
11시가 넘었는데 조사는 아직 본론에 이르지도 못했다. 점심시간이 가까워졌다. 비록 조사자의 입장이었지만 피의자의 구속된 상황, 가족과 친구들의 걱정 등에 대하여 잠시 얘기를 하고 오후에는 수사에 적극 협조해 달라는 말과 함께 오전 조사를 마쳤다.

점심을 먹을 수 없었다. 나의 바람과 상관없이 오전 피의자의 자세로 보아 조사가 길어질 것 같았다. 다시 한번 기록을 찬찬히 정독했다. 손자병법에 지피지기면 백전백승이라고 했다.

피의자의 인권을 위해서라도 1회의 신속하고 정확한 조사로 마무리해야 한다. 벽시계를 보니 초침과 분침이 갑자기 속력을 내는 듯했다. 금방 1시 50분이 되었다. 2시부터 오후 조사가 시작되었다. 진술 거부권을 다시 고지하고 본론으로 들어갔다. 습관처럼 눈을 치켜뜨고, 이마에 주름이 가득 찬 채 피의자를 바라봤다. 내 험악한(?) 인상 때문이었는지 피의자는 오전과 사

뭇 다르게 고분고분하였다. 맞은편의 선배도 또 다른 구속 피의자를 불러 조사를 시작해서 방안이 시장통처럼 소란스러웠다. 이제 핵심이다. 곧장 사건의 실체에 관해 물었다. 잠시 고개를 숙이며 침묵을 지키던 피의자가 조그마한 목소리로 입을 열었다. "계장님. 사실대로 말씀드리겠습니다. 언젠가는 밝혀질 것인데 끝까지 부인한다고 해결될 것이 아니라는 생각이 들었습니다. 모든 것을 말씀드리고 합당한 처분을 기다리겠습니다."

"예. 잘 생각하셨습니다."

짧게 화답하고 신속하게 문답을 이어갔다.

첫 구속 사건에 얼마나 긴장했는지 조사를 마치고 나니 다리가 후들거렸다. 하늘이 무너질 것처럼 걱정하며 잠 못 이뤘던 어젯밤이 야속했다. 무슨 일이건, 미리 앞당겨 걱정할 필요가 없었다. 일단 최선을 다해 준비하고 부딪혀 보는 것이다.

기우는 말 그대로 기우일 뿐이다.

빙산의 일각

2005년이었다. 택시 기사가 제보했다는 한 통의 진정서가 접수됐다. 내용인즉 '택시에 탄 손님한테 들었는데 아무개가 취업을 시켜준다는 명목으로 1,000만 원을 받았다'는 내용이었다. 밑도 끝도 없는 달랑 한 줄이었다. 보통 수사할 가치가 없는 경우에는 '진정 종결'로 마무리되는 경우가 대부분이다. 그러나 진정서에서 스멀스멀 피어오르는 뭔가가 숨겨져 있을 것만 같은 느낌. 이 느낌 뭐지.

먼저 진정서 내용에 대한 자세한 내용을 들어보려고 택시 기사에게 전화로 출석을 요청했다. 제보한 당사자이기 때문에 두말하지 않고 출석하겠다고 할 줄 알았더니 반말투로 "지금 먹고살기 바빠 죽겠는데 오라 가라 한다. 거기 써놓은 게 전부야. 전화하지 마."라고 했다. 말투, 목소리로 보아 60이 넘는 것 같았다. "선생님께서 구체적으로 진술을 해 줘야 수사를 할 것 아닙니까. 언제 시간이 가능합니까. 선생님이 가능한 시간으로 일정을 잡아 보겠습니다."라고 말하려는 순간 먼저 전화를 끊어 버렸다. 너희들이 알아서 잘해보란 투였다.

며칠이 지났다. 임금체불 사건, 불법조업 사건들이 물밀듯이 밀려왔다. 불법조업 사건들은 보통 3명이 구속 · 송치되고 거기에 통역까지 참여시켜 조사를 해야 하기 때문에 다른 사건에 비해 훨씬 시간이 많이 들었다.

점심을 먹고 멍하니 앉아 한숨 때리고 있는데 전화벨이 울렸다. 당신은 한낮의 평온을 해하는 '평온저해사범'인가. 안 받고 있으니 끊었다가 다시 하고 다시 하고. 평온이 깨진 상태로 이글거리는 묵직한 침묵 사이 무언의 힘에 이끌려 이번에는 전화를 받았다.

"아따 공무원이 전화를 안 받고 그래도 되는 거야?"

목소리가 귀에 익었다. 직감적으로 전에 진정서를 제출한 기사였다. "선생님. 지금은 점심시간이잖아요. 무슨 일입니까. 전에 그렇게 여쭤봐도 아무 말씀 안 하시더니. 이제 살만합니까?"

"미안해. 그때는 좀 편치 않아서."

"예, 말씀하세요."

시간을 정해주면 출석하겠다고 했다. 그간 별다른 진척이 없는 진정서에 달랑 제보자의 지난 전화 진술 청취 한 장만 붙어 있었다. 부랴부랴 소환 통보했던 다른 사건을 미루고 내일 오전으로 날짜를 잡았다. 계속 미루고만 있어서 하루빨리 진정 사건 하나 종결하겠다는 생각이었다.

날이 밝았다. 30분이면 충분하겠지. 10시 정각이 되자 그분이 들어왔다. 진정서 한 장, 제보 내용 한 줄을 가지고 진술을 들었다. 생각나는 대로 이것저것 두서없이 편안하게 물었다. 혹시나 했는데 역시나 크게 중요하게 생각되는 내용은 없었다. 그때 택시에 탔던 사람의 인상착의, 얼굴 모양, 그리고 하차해 준 장소 등. 들으면 들을수록 어중간한 내용이었다.

한 달간의 우여곡절 끝에 돈을 줬다는 P의 인적 사항을 알 수 있었다. 문제는 지금부터였다. 어떻게 P로부터 좀 더 구체적인 내용을 끌어낼 수 있느냐였다. 며칠간 잠복을 해서 살펴

본 결과 P는 회사에서 중간 간부급 직책을 맡고 있는 것으로 확인됐다. 더 이상 우물쭈물하기에는 이미 너무 많이 왔다. 제3자를 통하여 시내 커피숍에서 P를 만났다. 한눈에 봐도 약간의 억울함에 불안감과 주눅이 든 모습이었다. 조심스럽게 이런저런 얘기를 하다가 제보 내용을 물었다. P는 흠칫 놀라는가 싶더니 조금 전과는 다른 공격적인 모습으로 '그렇게 말한 사실이 전혀 없다'고 목소리를 높였다. 더 이상 계속 물어보다가는 탁자를 뒤집어엎을 기세였다. P를 진정시키고 연락처를 알려 준 후 다음을 기약하고 커피숍을 나섰다.

진정하기에는 이미 늦은 진정 사건이 되었다. 죽이 되든 밥이 되든 앞으로 나아가야 했다. 송치된 사건이야 하루에 종결할 수 있지만 인지 사건의 경우는 다르다. 시간과 인력이 몇 배가 든다. 가능하면 집중하여 최대한 이른 시간 내에 마쳐야 한다. 인지 사건에는 피의자뿐만 아니라 관련 참고인도 한두 명이 아닌 경우가 허다하다. 피의자가 아닌 사람도 검찰청에 나와 진술하는 것에 대하여 많은 심리적 위압감과 부담감을 느끼는 것이 사실이다.

P를 통하지 않고서는 실체에 접근할 뾰족한 방법이 없었다. 뜸이 들 때까지 기다리기로 했다. 그러던 중 제 발이 저렸는지

P가 먼저 전화하였고 스스로 출석하였다. P의 진술 내용은 놀라웠다. 오랜 기간 돈이 오갔고 그 규모도 상당했으며 사다리처럼 상납이 이어지는 구조였다. 구체적이고도 신빙성 있는 진술이었다. 곧바로 주임 검사를 정점으로 3개 팀이 꾸려졌다. P의 진술을 바탕으로 관여된 5~6명에 대하여 구체적인 인적 사항이 특정되고 계좌 추적 등이 진행됐다. 매일 팀별로 수사 상황을 공유하고, 향후 수사에 대한 대책 회의가 이어졌다. 먼저 핵심 인물 C와 D, 2명에 대한 체포 영장을 발부받아 체포에 돌입했다. 사무실과 아파트를 확인하고, 며칠간의 잠복으로 동선을 파악했다.

우리 팀은 4명으로 구성되었다. 디데이로 정한 날인 새벽 6시. 차 한 대로 D의 아파트 지하 1층 주차장으로 향했다. 사전에 파악한 동선에 잠복해 있다가 자신의 차량으로 다가오는 D를 미란다 원칙을 고지하며 성공적으로 체포하였다. 체포 과정에서 D는 한차례 격렬하게 저항했다. 어찌 보면 본능이었다. 같은 날 다른 팀도 성공적으로 회사 사무실에서 C를 체포했다.

처음 1,000만 원은 빙산의 일각이었다. 빙산을 좇아가 보니 거대한 얼음이 보였다. 그물처럼 얽혀 있는 조직적, 구조적인 비리였다. 진정서 한 장으로 시작된 수사가 5개월의 수사 끝에 20여 명이 사법처리되고 막을 내렸다.

사무관 승진 시험이 가장 쉬웠어요

장벽이 있는 것은 다 이유가 있기 때문이다. 우리를 내몰려고 장벽이 있는 것이 아니다. 장벽은 우리가 무엇인가를 얼마나 절실히 원하는지 깨달을 수 있도록 기회를 제공하는 것이다. 왜냐하면 장벽은 그것을 절실하게 원하지 않는 사람들을 멈추게 하려고 거기 있기 때문이다. 장벽은 당신이 아닌, 다른 사람들을 멈추게 하려고 거기 있는 것이다.

-렌디 포시.

사무관 시험에 응시조차 할 수 없다고 생각했는데 갑자기 꽉 막혔던 인사 정체가 서서히 풀리더니 느닷없이 내게도 기회가 생겼다.

2020년 2월, 앞으로 시험까지는 약 10개월이 남았다. 막상 시험을 본다고 생각하니 막막했다. 아무런 준비도 없었으니 당연했다. 다른 사람은 2~3년 전부터 준비한다고 했는데……. 난감했다. 주경야독이라면 자신이 있었지만. 유일한 전략은 벼락치기였다. 하루살이처럼 오늘 하루 최선을 다하는 막가파 정신.

1차 형소법, 헌법이 객관식이고 2차는 형법 객관식 및 의견서 작성이었다. 1차는 40점 과락이기 때문에 형소법은 어느 정도 감이 있었지만, 헌법은 감 잡기가 쉽지 않았다. 1400페이지나 되는 헌법 객관식 문제집을 사고 눈앞이 캄캄했다. 1회독 하는 데 1년은 걸릴 것 같았다. 1회독 한들 머리에 들어오는 게 있을까?

2월 인사로 인천공항으로 근무 장소가 변경되었다. 24시간 근무 체제였는데 처음 한 달 동안은 수배자가 많아 미친 듯이 출동이 이어졌다. 새벽 3시에 출동하면 한명 검거하는데 2시간은 족히 걸렸다. 다행히 3월부터 코로나가 심각해지면서 입국자가 줄어 조금 여유가 생겼다.

- 죽을 만큼 열심히 무언가를 해본 적이 있는가?

시골에 내려가는 날 고속도로 휴게소 화장실에서 문득 본 문구였다.

9급 공무원 시험을 3개월 만에 합격했던 일, 마라톤 풀코스를 도전했던 일. 은행원 시험, 야간 대학 시절, 중국 유학 시험 3전 4기 등등. 그때 열심히 했다고 한 것 같은데 죽을 만큼은 아니었다.

이제 9개월이 남았다. 드디어 나에게도 죽을 만큼 해 볼 만한 목표가 생겼다. 일단 잠을 줄여야 했다. 절대적인 공부 시간 확보가 필요했다. 잠자는 시간을 따로 정하지 않았다.

하루에 10개씩 형법 판례를 듣고, 다음날은 열다섯 개씩 2배속으로 형법 이론 강의를 들었다. 10일에 한 번씩 70개 정도인 판례와 형법 이론을 들었다. 틈틈이 형소법 강의도 듣고, 문제도 풀면서 일단 7월이 오기 전까지 개관식 준비를 어떻게든 마치기로 1차 목표를 세웠다.

그렇지만 생각대로 진도가 나가지 않았다. 특히 헌법은 볼 때마다 방대한 양에 화가 났다. 어느 순간 몸과 마음이 지치고 자신감이 떨어지기 시작했다. 혼자서 공부하려니 초조하고 조급해졌다. 무더운 날씨에 체력도 떨어지고 이어폰을 너무 많이 끼고 지냈는지 귀도 얼얼하고. 매일매일 제정신이 아니었다.

어김없이 7월이 왔고 마침내 헌법을 2회독하고 형소법, 형법 객관식 준비도 어느 정도 목표를 달성했다.

10월 중순이 시험 예정일이었지만 9월 1일이 시험일이라고 생각하고 전략을 세웠다. 객관식은 2단계로 10년간 공무원 9, 7급 기출문제를 풀어 보기로 하고 작정했는데 문제는 의견서 작성이었다.

아무런 공부 자료도 없이 범죄 사실 작성 연습만 하다가 8월이 되어서야 우연히 작년에 합격한 동기로부터 자료를 입수하게 되었다. 하마터면 남들이 다 공부하는 자료를 전혀 보지도 못하고 시험을 볼 뻔했다. 늦게라도 자료를 알게 된 것은 천만다행이었다. 수험생에게 시험은 정보 싸움이라고 들었는데 그 말이 맞는 것 같았다.

하루에 세 문제씩 의견서 작성 연습을 해 봤다. 모두 컴퓨터로 작성해서 출력까지 해야 했는데 한 문제당 2시간 30분만 잡아도 하루 7시간 30분 동안 쉬지 않고 자판을 두드려야 했다. 너무 무리한 건지 좀 지나니 손마디가 감각이 없을 정도였다. 9월 1일까지 각 문제마다 5번씩 반복하려고 굳게 다짐했으나 어림도 없었다. 고작 2번 정도에 그쳤다. 너무 늦게 시험에 뛰어들었다고 생각하니 자신감은 날로 곤두박질쳤다.

- 내 마음속 단군신화

딱 100일이 남았다. 단군 신화가 생각났다. 100일 동안 인내하여 사람이 되었다는 곰. 사람이 되어 인간 세계로 나가는 곰이 되느냐. 중간에 포기한 호랑이가 되느냐. 선택은 내 몫이었다. 난 결연하게 곰을 선택했다.

죽을 만큼 열심히 하고 있다는 생각에 자신감이 솟았다. 지금 대한민국의 모든 수험생을 통틀어 가장 열심히 하자고 다시 마음먹었다. 나보다 더 열심히 하는 사람이 있다면 그 사람이 당연히 합격해야 하겠지만. 그런 사람은 없을 거라고 생각했다.

10월 18일 1차 시험일 전날 저녁 선배 2명과 함께 과거 시험을 보러 가는 선비처럼 괴나리봇짐(?)을 메고 서울로 향했다. 선배 2명은 같은 숙소로, 나는 서초동의 한 호텔로 갔다. 호텔 방에서 휴식을 취하고 있는데 갑자기 머리가 아프기 시작했다. 얼른 밥을 먹고 와서 자야겠다고 생각하고 근처 식당으로 가는데 도저히 걸을 수조차 없어 힘들어서 포기했다. 119를 불러 병원을 가볼까 하다 말고 약을 사 먹고 숙소로 돌아와 잠을 청하려는데 차도가 없어 거의 뜬눈으로 밤을 새웠다. 이러다가 사람 잡을라……. 진짜 내가 죽을 만큼 열심히 했나.

밤새 뒤척이고 한숨도 제대로 못 자고 일어나자마자 택시를 타고 시험장으로 향했다. 다행히 약간은 머리가 맑아졌고 시험은 정상적으로 치렀다. 집으로 돌아오는 버스 안에서 채점을 해보니 걱정했던 것과 다르게 1차는 문제없었고 형법은 하나 틀린 것 같아 마음이 놓였다.

일주일 후 운명의 2차 시험. 전국 각지에서 올라온 수험생들로 법무 연수원은 오랜만에 활기가 넘쳤다. 가만히 보고 있노라니 몇 년씩 지리산에서 공부한 듯 포스가 장난이 아니었다. 나는 기껏 2회독했는데 모두 100회독은 한 것처럼 위엄(?)이 있어 보였다. 참가하는 데 의의를 두어야 한단 말인가. 그래도 길고 짧은 것은 대봐야 하지 않을까. 나보다 더 열심히 했다면 기꺼이 양보할 준비는 되어 있었다.

심호흡하고 자리에 앉아 문제지가 배부되기를 기다렸다. 시험 시간은 3시간.

"자, 시작하십시오!"

감독관의 입이 떨어지기 무섭게 곰의 마지막 분투가 시작되었다. '연습은 실전처럼 실전은 연습처럼' 잽싸게 문제지를 넘기면서 연습한 대로 사건 내용을 요약하기 시작했다.

20분 정도 지났을까. 절반 정도 차분히 요약하고 있는데 주위가 시끄러웠다. 벌써 답안을 작성하는 자판 소리였다. 아니, 아직 나는 사건 내용도 절반밖에 파악하지 못했는데. 맙소사! 이럴 때가 아니었다. 절반은 나중에 보기로 하고 지금까지 요약한 내용을 토대로 의견서를 작성하기 시작했다. 배포된 법전은 아예 볼 시간도 없었다.

답안 작성을 마무리하고 스테이플러로 찍고 간인을 하고 나니 5분이 남았다.

주위를 둘러보니 아직도 사투를 벌이는 전우들의 모습에 눈물이 핑 돌았다. 대체 이렇게 늦은 나이에 목숨 걸고(?) 해야 할 가치 있는 전투였나? 종이 울렸다. 묵직한 가방을 다시 둘러메고 나오면서 서로 이야기를 나누는데 내 답안은 추풍낙엽처럼 빗나가고 있었다.

10개월 눈물 나는 도전은 끝났다. 이제 '진인사대천명'이었다. 정말로 죽을 만큼 열심히 해서 1분도 더 할 수 없을 정도였다. 한 달 후 합격자 명단에 내 이름이 제일 먼저 새겨져 있는 컴퓨터 화면을 떠올려 봤다.

대망의 합격자 발표일. 쉬는 날이었는데 결과가 궁금해 도저히 가만히 앉아 있을 수가 없었다. 밖으로 나가 매일 아침 달리던 길을 내달렸다. 계속 달리는데 핸드폰이 울렸다.

'합격 축하합니다.' 나의 단군 신화가 해피 엔딩으로 끝이 났다.

사무관 승진 시험이 가장 힘들었어요!

벼룩의 간

애 셋을 낳아 키우다 보니 좀 큰 집이 필요했다. 아직 내 집을 장만하지 못하던 시절이었다.

방 4개에 화장실이 2개인데 전세가 1억 8,000만 원이라 굉장히 쌌다. 집을 보니 싼 이유가 있었다. 94년도에 지은 아파트였는데 내부를 보니 엉망이었다. 그래도 다른 곳보다 훨씬 싼 맛에 망설이지 않고 계약을 했다. 주인 할아버지는 나이가 여든이 넘었다는데 나보다 더 활력이 넘치고 목소리도 쩌렁쩌렁했다. 서울에도 집이 몇 채나 있다고 했고, 옆 단지에도 아파트가 있는데 매번 집값이 안 오른다고 투덜거렸다. 성격은 또 얼마나 꼼꼼한지 부동산 사무실 사장님들 사이에 소문이 자자했다. 마치 스크루지 할아버지를 만난 것 같았다.

페인트칠도 좀 하고, 샷시(새시)도 좀 바꿔 달라고 하소연했지만 "얼마나 싸게 주는 건데 그런 걸 해달라고 해."라며 단칼에 거절했다.

하는 수 없이 울며 겨자 먹기로 계약을 하고 2년을 무사히(?) 살고 다시 1,000만 원을 올려 재계약했다.

문제는 15층이라 여름은 에어컨 없이 그런대로 버틸 수 있었지만, 한겨울이 문제였다. 난방이 제대로 되지 않아 애들 방은 냉기가 철철 흘러넘쳐 도저히 잠을 잘 수 없을 정도였다. 사실 난방 때문에 재계약을 많이 고민했지만 계속 얘기하다 보면 수리를 해 줄 것이라 믿었는데 할아버지는 턱도 없었다.

"다른 집은 2~3,000만 원 올렸는데 같은 성씨라 싸게 준 거야."라고 말하면서.

내 돈으로 보일러와 배관을 청소해 봤지만, 결과는 신통치 않았다. 너무 추운 날씨에는 별수 없이 난방이 좀 되는 큰 방에서 다섯 명이 겨울을 날 수밖에 없었다.

두 번째 계약이 끝나가던 즈음 아무리 가격이 싸도 더 이상

살기에는 언젠가 얼어 죽을 수도 있을 것 같다는(?) 두려움에 이사를 결심하고 새해 1월이 되자마자 할아버지에게 연락했다.

"4월 20일경 이사를 하려고 알아보고 있습니다."라고 전달을 하고 전세 보증금을 차질 없이 돌려줄 것을 몇 번이고 요청했더니 알겠다고 했다.

속전속결로 이사 갈 집을 확정했다. 그리고 전세금 반환받을 돈과 추가 대출을 알아보고, 이삿짐센터와도 계약을 마치고 집에서 쉬고 있는데 말도 없이 할아버지가 불쑥 찾아왔다. 무슨 일이지. 찾아올 일이 없는데……. 할아버지는 자기 집처럼 거칠게 문을 열고 들어오자마자 소파에 앉더니, "서울 집이 안 팔려 전세금을 약속한 날짜에 돌려줄 수 없게 됐다."며 이사를 미루라고 했다. 이삿짐센터에 연락하면 바로 연기가 가능하다면서…….

이놈의 영감탱이가. 머리카락이 쓰나미처럼 일제히 쓰러졌다가 다시 일어섰다. 나도 모르게 고함을 치며 "지금 무슨 얘기하시는 거냐?"며 소리를 질렀다. 생전 처음이었다. 누군가에게 그렇게 큰 소리를 지른 것은.

할아버지도 가만히 있지 않았다. 내 목소리는 어림도 없다는 듯 나보다 더 크게 "어른이 말하면 예의 바르게 들어야지. 어디서 버르장머리 없게 소리 질러? 하여튼 그날 못 주니까 알아서 해."라며 문을 박차고 나갔다.

하마터면 주먹을 날릴 뻔했다. 수사 기관에 근무하면서 끊임없이 들어왔던 '우발적'이라는 말. 평소에는 그 표현에 크게 공감한 적이 없었는데, 이런 상황을 말한다는 것을 깨달았다.

어디 그게 말처럼 쉬운가. 더구나 이사가 며칠 남지도 않았는데. 소문은 들었는데 이 정도일 줄이야. 이사를 늦출 방법은 없었다. 도저히 말이 통하지 않는 할아버지와 더 이야기해 봐야 소용이 없었다. 우선 조금 늦더라도 전세금을 받는 게 더 중요하다는 생각이 들었다. 다시 여기저기서 겨우 돈을 구해 애초 이사하기로 한 곳의 전세금을 마련했다.

이사를 마치고 10여 일이 지나 어렵사리 할아버지로부터 전세금을 돌려받았지만, 문제는 그때부터였다. 처음엔 주기로 했던 4년 동안의 장기 수선 충당금 810,230원을 줄 수가 없다고 했다. 이유는 집을 너무 험하게 썼다는 것이다. 작은방에 구멍이 나고, 화장실 변기도 뜯겨 있고, 여기저기 페인트도 벗겨졌다는 등등. 기가 막히고 코가 막혀 말이 나오지 않았다. 정말로 벼룩의 간을 빼먹겠다는 심보였다. 어렴풋이 우리가 이사하기 전에 살았던 세입자의 말이 떠올랐다. 그 사람도 적립금을 제때 받지 못했다고 했던 것 같다.

이제는 오히려 집을 망가뜨렸으니 나보고 손해를 배상하라는 것이었다. 적반하장도 유분수지.

더 이상 참을 수가 없어 곧바로 인터넷 전자 소송으로 반환금 청구 소송을 제기했다. 그때만 해도 소송이 이토록 오래 걸릴 줄은 미처 몰랐다. 장장 3년이 넘는 긴 소송. 그 과정은 험난했다. 첫 기일이 잡혔다. 지방 법원 판사실. 직장에 외출을 신청하고 참석했다. 할아버지는 이번에도 내 예상을 완전히 뒤집었다. 집을 망가뜨려 할 수 없이 인테리어 비용 600만 원이 들어갔으니 손해 배상을 요구하는 반소를 제기했다.

법정에 우두커니 앉아 한마디도 하지 않고 듣기만 했다. 할아버지는 눈에 불을 켜고 "저 나쁜 사람 때문에 내 아파트가 완전히 망가져 버렸습니다. 판사님. 저렇게 어른한테 무례한 사람은 처음 봤습니다. 판사님. 내가 얼마나 싸게 살게 해 줬는데." 거꾸로 피가 솟는 듯했다. 할아버지 쪽으로 뛰어갈 것 같았는데 간신히 참았다. 한겨울 너무 추워 아이들이 방에서는 잠을 잘 수조차 없었고, 그동안 수리 한번 제대로 안 한 집이었는데. 분노가 치밀었다. 한편으로 허탈했다. 내가 지금 뭘 하는 것인지. 인간의 인내는 어느 정도여야 하는지. 그렇게 첫 번째 기일이 종료됐다. 판사는 조정을 권했다. 그러나 1원을 받는다고 해도 조정에 절대 응하지 않겠다고 말했다.

1심 선고 기일이 되었다. 판결 내용을 보고 참으로 실망이었다. 할아버지의 손해가 40만 원 정도가 인정된다는 내용이었다. 도저히 받아들일 수가 없었다. 나는 곧바로 항소했다. 한참을 지나 할아버지도 항소했는데 이미 항소 기간이 지난 후였다.

다시 항소심이 열리던 날. 할아버지는 전에 했던 말을 쩌렁쩌렁하게 내뱉었다. 서울에도 집이 있고, 인천에도 아파트가 있는데 이렇게까지 가혹하게 나올 수 있단 말인가. 항소심으로 소송은 종료되었지만, 할아버지는 순순히 돈을 줄 생각이 전혀 없어 보였다. 확정된 원금과 소송 비용을 입금해 달라고 공손하게 할아버지에게 문자를 보냈다. 며칠 지나 할아버지 아들로부터 입금했다는 연락을 받아 확인해 봤더니 소송 비용을 제외하고 원금만 입금했다. 더 이상 대화는 필요 없었다. 어디까지 가나. 나도 이제 오기가 생겼다.

곧바로 소송비용 17만 원에 대한 강제 집행을 신청했다.

집행관실에서 냉장고 등 가재도구에 대하여 강제 집행을 해서 대략 가격이 60만 원으로 정해졌는데 낙찰자가 없어 다시 강제 집행 날짜를 잡아야 한다고 했다. 이 절차도 벌써 4개월이 지나가고 있었다. 2차 강제 집행 신청서를 제출했다. 그리고 날짜가 미뤄지던 어느 날 다시 그 아들로부터 문자가 왔다. 집행 비용과 이자를 보낼 테니 금액을 알려 달라는 것이었다. 그쪽에서도 나의 단호함과 의지를 어느 정도 눈치챈 모양이었다. 장장 약 3년 6개월 동안 진행된 810,230원에 대한 민사소송.

소송이 끝나고 나니 여러 감정이 교차했다. 중간에 포기하고 싶은 생각이 간절했지만 그러기에는 너무 억울한 생각이 들어 멈추지 못했다. 검사직무대리로 업무를 처리하며 때때로 너무나 경미한 사건인데도 절대 합의하지 않겠다며 법대로 해달라는 피해자를 볼 때마다 마음속으로 크게 나무랐던 내 자신을 뒤돌아봤다.

최후 진술입니다

올해도 어김없이 돌아온 공무원 재산 신고로 머리가 지끈거린다. 작년 신고서를 펼쳐 보니 한숨이 푹푹 나온다. 여전히 부채가 수두룩(?)했다. 맞벌이하고 있지만 아이 셋을 키우다 보니 경제 사정은 늘 고만고만하다. 나뿐만이 아니라 다른 직원들도 볼멘소리다. 예전이라면 혹시 모르지만, 지금처럼 투명해지고 평범한 하위직 직원들마저 웬 재산 신고냐고.

작년에 대학교에 진학한 큰아들 때문에 학자금 대출도 받고, 전셋집 이사하느라 전세 자금 대출도 받아 빚이 좀 늘었다. 빚이 아닌 '빛'.

내 한숨 소리에 자판기가 화들짝 놀란다. 예금 잔액 1,000원부터 주식 잔액 22,000원까지 지난 1년간의 치열한 사투의 흔적이 안쓰럽다. 순식간에 '변동 없음'으로 엔터키를 눌렀다. 10분도 채 되지 않아 신고서 작성을 완료하고 제출하니 약간은 화도 나고 조금은 슬프기도 하고 더 조금은 우울하기까지 했다.

두 달이 조금 지났을까. 재산 등록 담당자로부터 쪽지가 날아왔다. 제출된 재산 등록 신고서에 이상이 있으니 검토하고 회신해 달라는 내용이었다. 일이 바쁘기도 했고, 약간은 귀찮은 생각에 무심코 대출받은 부채 증명서를 빠뜨린 것으로 생각하고 스캔 후 담당자에게 전송했다. 그런데 이게 무슨 날벼락인지 한 달 후 이번에는 담당자로부터 '소명이 제대로 안 되었습니다. 공직자윤리위원회에 참석하여 소명할 수 있습니다.'라는 내용의 메일이 도착했다. 도무지 이해되지 않았다. 다시 신고서를 꼼꼼히 살펴보니 대출받은 3,000만 원이 두 번 계산되어 있었다. 아뿔싸! 그제야 담당자에게 자초지종을 얘기하며 선처(?)를 구했지만 이미 담당자 손을 떠난 후라 어떻게 할 수가 없다고 했다. 1원을 숨긴 것도 아니고 단지 엔터키를 잘못 누른 단순한 실수였다.

여기저기 알아보니 이런 경우 대부분 윤리 위원장의 경고가 있다는 것을 전해 듣고 눈앞이 캄캄했다. 불행 중 다행인 것은 예전에는 인사 조치까지 있었는데 최근에는 너무 가혹하여 없어졌다는 거였다.

만약 경고를 받는다면 2년 정도는 제대로 된 근무 평정을 받지 못하게 될 것이 불 보듯 뻔했고 그렇다면 사무관 승진 시험은 아예 포기해야만 했다. 군대 병장처럼 제대를 앞두고는 떨어지는 낙엽도 조심하라고 했건만. 직장 생활 말년에 훈장은 못 받을망정 '경고'라는 오점을 남길 수 있다니 후회막급이었다.

이제 잘못을 인정하고 경고를 받아들이든지 아니면 위원회에 나가 소명을 해 보는 것 외에 다른 방법이 없었다. 지푸라기라도 잡는 심정으로 소명해 보기로 마음먹었다. 소명회가 열리는 날은 평소 준비해 왔던 중국 상하이 주재관 원서 접수가 있는 날이었다. 우연이었다. 아침 일찍 서둘러 외교부에 들러 원서를 접수하고 곧바로 윤리 위원회가 열리는 광화문 정부 중앙청사로 달려갔다. 벌써 적지 않은 공무원이 소명을 위해 도착해 있었다. 아니 이렇게 많다니. 혼자가 아니라는 사실에 안심이 되기도 했지만, 그것도 잠시 그들의 근심 어린 얼굴빛을 보는 순간 힘이 쭉 빠졌다.

힐끗 봤더니 모두 손에 무언가를 들고 있었고, 더 자세히 보니 표창장 같은 것이었다. 위원들에게 표창장을 보여주며 선처를 호소하려는 것 같았다. 나도 25년 동안 장관, 총장상도 받았고 최근에는 국무총리 모범 공무원 표창까지 받았는데……. 내 손엔 주재원 지원 원서 한 장이 전부였다. 그냥 돌아갈까. 터무니없는 단순 실수지만 어디까지나 나의 잘못이고 불찰이었다. 한 번의 기회가 있었는데 그것마저도 날려 버렸으니, 입이 열 개여도 할 말이 없었다.

내 차례는 맨 마지막이었다. 점심도 먹지 않고 기다렸다. 4시쯤 되어 드디어 내 차례가 되었다. 긴장된 마음으로 위원회실로 들어가니 위원장을 정면으로 위원들이 좌우로 7명씩 앉아 있었다. 곧 나를 끌고 갈 저승사자처럼. 몇몇 위원은 이미 결론을 내린 것처럼 내게 눈길도 주지 않았다. 법정에서 최후 진술을 위해 서 있는 피고인의 심정이 이럴까. 가슴은 심하게 요동쳤고, 원서를 쥔 손이 파르르 떨렸다. 입이 바싹바싹 탔다.

"존경하는 위원장님, 그리고 위원님들. 이렇게 소명할 기회를 주셔서 감사합니다. 저는 1994년 9급 공무원으로 임용되어 약 25년 동안 경위서 한번 쓰지 않고 성실하게 근무해 왔습니다. 그러나 이번에 너무나도 큰 죄, 아니 너무나도 큰 잘못, 아니고 너무나 큰 실수를 저질렀습니다."

혀가 꼬였다. 순간 무릎을 꿇을 뻔했다.

'이제 다 틀렸구나. 마지막 기회인데.'

숨이 가빠졌다. 뛰쳐나가고 싶었는데 누군가 붙잡고 있는 것처럼 몸이 말을 듣지 않았다. 한참을 우두커니 서 있었다.

"예. 끝났으면 돌아가시면 됩니다."

위원장님 말씀에 정신이 번쩍 들었다.

"아닙니다. 한 말씀만 더 올리겠습니다. 저는 방금 외교부에 중국 주재관 지원 원서를 접수하고 왔습니다. 여기서 경고를 맞는다면 주재관 지원은 물거품이 될 것이고, 얼마 남지 않은 공직 생활에 커다란 오점이 기록될 것입니다. 마지막으로 나라를 위해 봉사할 수 있도록 기회를 주십시오. 다시는 같은 실수를 하지 않겠습니다. 감사합니다."

머리가 바닥에 닿을 정도로 인사를 하고 나왔다. 담당자는 빠르면 저녁에 결과가 나오니 연락을 주겠다고 했으나 전화는 없었다.

'그렇구나. 괜히 아까운 시간을 허비했구나.'

언제 어떻게 퇴직할지 생각을 해 봤다. 잠자리에 누웠지만 뭔가 부족했다는 생각에 잠이 오지 않았다. 다음날 출근해 정신 나간 사람처럼 앉아 있는데 핸드폰 벨이 울렸다. '두 번 죽일 필요는 없는데, 그냥 나중에 경고장을 보내면 될 텐데.' 따로 경고는 없다는 기별이었다.

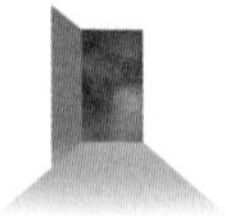

책 쓰기
도전할 결심

인간이 사용하는 가장 슬픈 말은 무엇일까? 말이든 글이든 인간의 언어 중 가장 슬픈 말은 이것이다. "아, 그때 해볼걸!"
(Of all sad words of tongue or pen, the saddest are these; "It might have been!")

-미국 시인 존 그린리프 휘티어

하늘은 높고 말이 살찌는 계절이다. 올해도 어찌 그리 시간이 빠른지 곧 12월이다. 달력으로 세면 12장. 봄, 여름, 가을, 겨울이면 4장이다. 1년이라고 하면 그냥 한 장이다. 하루가 부채처럼 펴졌다가 접어진다. 가을 나무들은 모두 수채화 화가다. 밤에만 그림을 그린다. 바람과 구름과 별을 불러 밤새도록 잎새마다 색칠을 하더니 새벽과 함께 곯아떨어졌다.

"이번에는 책 한권 쓰기 도전이야."

아내에게 큰소리를 치자마자 즉시 인터넷 검색으로 서울에서 진행하는 글쓰기 강좌에 등록하고 1주일에 한 번 참석하고 있다. 한 번이지만 왕복 4시간 거리여서 오가는 길이 만만치 않다. 아내는 나이 들어 무슨 주책이냐고 흉 비슷한 톤이다. 그냥 좋아하는 테니스나 맘껏 치라고 쏘아댄다. 나는 그렇지 않다. 뭔가 하지 않으면 불안증 환자처럼 온몸이 근질근질해진다. 그래서 늘 새로운 무언가를 찾곤 한다. 말이 나왔으니 나이가 무슨 상관인가. 아내에게 시바타 도요 말고 미국의 모지스 할머니 얘기도 들려줬다.

모지스는 토머스와 결혼하여 소작농으로 일하면서 열 명의

자녀를 낳았지만 다섯 명이 어릴 때 죽고, 나머지 다섯 명을 키웠다. 교육이라고는 가정부로 일하면서 몇 년간 공부한 것이 전부였다. 그 후로 67세 때 남편과 사별하고 75세 때부터 그림을 그리기 시작했다. 모지스는 80세에 개인전을 열면서 그림들이 유명해졌는데 그렇게 그린 그림만 1,600여 작품이고 이 중 100세가 넘어 그린 그림만 250점이었다고 한다. 88세에는 '올해의 여성'으로 선정되기도 했고, 93세에는 《타임》지 표지를 장식했으며, 100번째 생일에는 당시 뉴욕 주지사였던 넬슨 록펠러가 그날을 '모지스 할머니의 날'로 선포하기도 했다고 한다.

모지스가 75세에 그림을 그리기 시작하고, 도요가 92세에 시를 쓰기 시작한 나이에 비하면 나는 아직 청춘이었다. 그들을 보면 도대체 나이는 숫자에 불과하다는 말이 실감이 난다. 우리가 뭘 시작하기에 늦을 때란 없다. 물론 돈, 시간, 자식 등 시작을 못하도록 우리를 얽어매는 것은 한두 가지가 아니다. 아일랜드의 극작가 조지 버나드쇼의 묘비명은 '우물쭈물하다가 내 이럴 줄 알았다'인데, 번역 오류로'우물쭈물하다가 여기까지 왔다'라고 번역된 책도 있다고 한다. 오역이면 어떤가. 인생의 또 다른 의미를 발견한다면 그것도 값어치가 있는 게 아닐까. 시작하지 않고, 도전하지 않고 그저 얻어지는 것은 없다. 나이 먹는 거

빼고는.

책 한 권 쓰기 전에 인생을 논하지 말라고 한 얘기를 들은 적이 있다. 책 쓰기가 그만큼 어렵다는 말일 것이다. 어떤 이는 종종 출산의 고통에 비유하기도 한다.

글쓰기 강좌를 듣기 위해서는 전철을 두 번이나 갈아타야 한다. 부평역에서 한 번 노량진에서 한 번. 부평역은 언제나 사람들로 북새통이다. 적당히 배고픈 저녁 시간이라 참새가 방앗간을 지나치지 못하는 것처럼 거의 매일 샌드위치 파는 가게에 들른다. 이제는 샌드위치 먹는 거 때문에 절대 강의를 빠져서는 안 될 것 같기도 하다. 샌드위치, 어묵, 떡볶이, 핫도그, 새로 출시된 꼬마 김밥까지 보기만 해도 탐스럽고 먹음직스럽다. 오늘은 어묵이다. 골라 먹는 맛이 제법이다. 어묵만 먹으니 옆에 있는 샌드위치가 심드렁하다. 그래 알았다. 샌드위치 하나 더 주세요. 허름했던 육체가 갑작스러운 포만감에 끙끙거린다.

노량진으로 가는 급행열차를 타야 한다. 나도 모르게 앞사람 뛰는 걸 보고 무턱대고 달렸더니 이번에도 또 허탕이다. 아직 열차는 5분이 남았다. 서울 가는 길은 이렇게 늘 부산하다. 까

짓것 익숙해지자. 열차가 왔다. 그렇게 눈을 부릅뜨고 자리를 탐낼 필요는 없다. 꼭 앉아야 자리가 아닐 것이다. 서 있는 곳도 자리 아닌가. 내가 앉지 않으면 다른 사람이 편하게 앉아 갈 거다. 다리에 힘을 주고 교장 선생님처럼 전철 안을 둘러봤다. 한마디도 안 했는데 말 잘 듣는 학생들처럼 모두 일제히 핸드폰을 손에 쥐고 내일 마지막 시험이 있는 것처럼 핸드폰에 진심이다. 사실 엄청나게 중요한 것을 보는 것도 아닐 게다. 얼마 전까지 나도 이중의 일원이었다. 인터넷으로 뉴스를 보거나 좋아하는 야구를 보거나 드라마나 좋아하는 가수의 노래를 듣는 것이다.

나는 가방 안에서 수필집 한 권을 꺼냈다. 오늘은 박완서 작가의 『모래알만 한 진실이라도』라는 책이다. 글쓰기 강좌를 들으러 가면서부터 전철 안에서 책을 읽기 시작했는데 이제 버릇이 됐다. 아무도 나에게 시선을 주지 않는다. 백조 무리 속 한 마리 오리처럼. 뭔가 어색하다. 핸드폰을 손에 든 신인류 가운데 나 혼자 이방인처럼 책을 들고 있는 듯하다. 책을 받쳐 든 두 손이 상이라도 받은 듯 우쭐거린다. 책장 한 장 넘기는 소리가 소스라치게 정겹다. 종이라니. 서기 150년에 중국의 채륜이 발견한 인류의 3대 발명품 아니었던가. 유구한 발명품 앞에 경외

감마저 든다. 어찌 핸드폰의 역사와 비교할 수 있겠는가! 이 전철 안에서 종이책 읽는 사람이 나 혼자라는 생각에 이르면 왠지 모르게 뿌듯하기까지 하다. 물고기처럼 활자들이 열차의 움직임에 따라 이리저리 팔딱거린다. 언제 노량진역에 도착했는지도 모르게 도착했다. 조금이라도 더 읽고 싶은 마음에 이제 개찰구까지 가는 도중에도 한 페이지를 읽었다.

드디어 신논현역이다. 내 의지와 상관없이 문밖으로 튀어나왔다. 복잡하기도 하지만 이럴 때 편하기도 하다. 오늘도 여느 때처럼 지하철 입구에서 종이 전단을 나눠주는 할머니의 손이 바쁘다. 맞은편 건물 전광판에 화려한 광고에 눈이 부시지만, 나는 할머니의 종이 전단을 야무지게 받았다. 점점 사라져 가는 종이지만 여전히 쓸모가 있지 않은가. 오늘도 두 시간 수업이 한 시간처럼 빨리 지나갔다. 아직 이른 시간인데 주점 앞에 작은 탁자들이 비틀비틀 중심을 잡지 못하고 있다.

책 쓰기 도전을 향한 12주의 막이 올랐다. 이 기간에 매주 4편의 글을 써야 한다. 무모한 도전일까. 20년간 피워온 담배를 끊겠다고 큰소리친 후 한없이 초라해진 10년 전 내 자신을 기억한다. 1년 동안 '피웠다 말았다'를 반복하며, 얼마나 내 자신에게 실망했던가. 굳은 마음으로 하루를 참다 말고 퇴근하는 길에 담배 한 갑을 몰래 사 한 대를 피운 후 온갖 후회와 자괴감에 나머지 담배를 꼬깃꼬깃 짓눌러 집 앞 쓰레기통에 버렸다가 그 다음 날 오후에 다시 노숙자처럼 그 끊어진 담배를 뒤적뒤적 찾아 피운 적도 있었다. 썩 아름답지 못한 금연의 과정이었다.

다시 10년 만의 큰소리는 어떻게 될까. 내 마음속 내비게이션에 목적지를 분명하게 입력하고 출발했으니 잘 되리라 믿어본다.

제6장

봄이 오려고 그랬나 보다

네가 오려고 그랬구나!

삶이 그대를 속일지라도 슬퍼하거나 노여워 말라. 슬픔의 날 참고 견디면 기쁨의 날 찾아오리라. 마음은 미래에 살고 현재는 괴로운 법. 모든 것이 순간이고 모든 것이 지나가리니 지나간 모든 것은 아름다우리.

-푸쉬킨

아내가 임신했다는 말을 듣고 얼마나 기뻤던가. 산부인과를 정해놓고 정기적으로 검진을 받으러 갔다. 8개월쯤 되었을 때였다.

그날도 검진을 받으러 갔는데 여의사 왈

“집안에 키가 작은 분이 있었나요?”

아니 이게 무슨 자다가 봉창 뜯는 소리란 말인가.

“아니요. 어머니나 아버지한테서 그런 얘기 전혀 들은 적이 없었는데요.”

여의사는 한마디 덧붙였다.

“보통 8개월 정도 되면 태아가 이 정도는 자라야 하거든요. 그런데 아직……”

“안 되겠어요. 혈액 검사를 해봐야겠어요.”

불안감이 갑자기 폭발 직전이었다. 마음이 진정되지 않았다. 곧 새 생명이 태어난다는 설렘과 기대에 잠 못 이루던 밤이 며칠이었던가. 이제 기쁨보다 ‘만약 잘못된다면’ 걱정으로 잠을 제대로, 숨도 제대로 쉴 수 없는 날이 이어졌다. 아내는 내가 의사 말을 잘못 알아들었다고 했다.

힘들게 혈액 채취가 끝나고 집으로 돌아오는 길. 나는 아무 말 안 하면서도 이기적으로 아내를 은근히 의심(?)했다. 지난겨울 감기에 걸렸을 때 감기약을 먹었던 것 같은 희미한 기억을 붙잡고…….

한번 불을 지핀 의심은 꼬리에 꼬리를 물었다. 언젠가 회사 회식이 있다고 늦게 들어오던 날, 술 냄새가 좀 났던 것 같은 기억도 났다.

이튿날 병원에서 연락이 왔다. 혈액 검사 결과가 어떻게 되었냐고 물으니 병원에 오시면 알려주겠다고 했다.

떨리는 가슴을 겨우 진정시키고 아내와 함께 도착한 병원. 아무 걱정 없이 만삭의 몸을 자랑하며 앉아서 하품을 연발하는 옆 임산부의 모습이 너무 부러웠다.

진료실에 들어서자마자 결과를 물었다.

여의사는

"혈액 검사는 이상이 없는 걸로 나왔습니다."

"예. 감사합니다, 감사합니다."

"그래서 이번에는 양수 검사를 좀 해봐야 할 것 같아요."

"예 양수 검사라고요?"

"예. 양수 검사를 해봐야 이유를 알 수 있을 것 같습니다."

여러 번 얻어맞아 정신이 혼미한 상태인데 기어이 카운터펀치를 얻어맞은 기분이었다.

덜덜 떨렸다. 진짜 심각한가. '진짜 우리 집안에 키 작은 사람이 있었을까?'

채취한 양수를 서울에 보내야 해서 결과는 1주일 후에 나온다고 했다.

'제가 잘못했습니다. 아들만(?) 건강하게 태어나게 해 주신다면 정말 바르게, 열심히 살겠습니다. 제발 손가락, 발가락 온전하게 태어나게 해 주세요.'

나도 모르게 밤마다 잠 못 이루고 기도했다.

'앞으로 교회도 열심히 다니겠습니다.'

사람은 얼마나 이기적이고 영악한가. 산다는 게 뭔지. 어떤 놈이 태어날지 엄마, 아빠를 이렇게 애타게 한단 말인가.

아내와 대화가 급격히 사라졌다. 차라리 시간을 되돌릴 수만 있다면…….

갓난아기를 품에 안고 다니는 젊은 부부를 볼 때마다, 유모차에서 쿨쿨 잠을 자는 애기를 볼 때마다 나모 모르게 숨이 멈춰졌다.

일일여삼추라. 1주일이 백 년보다 더 길게 느껴졌다. 1주일 후 다시 병원으로 갔다.

이번에도 의사는

"검사 결과 이상 없습니다."라고 했다.

'그럼 어쩌라고요? 당신 돌팔이 아니야? 아니, 당신 산부인과

아니고 내과 의사지. 사람 애간장 녹이는…….'

절규가 목을 타고 넘어오고 있었다. 죄 없는 주먹만 엉엉 울고 있었다. 이제 곧 9개월째인데.

만약에 잘못 태어난다면 어떻게 할 것인가? 별의별 생각이 다 들었다. 선천적으로 장애를 가지고 태어날 확률도 낮지 않다는 인터넷 기사를 봤는데……. 과연 감당할 수 있을까. 선택의 여지는 없었다. 어디까지나 나와 아내가 초대한 생명이었으니까. 마음을 다잡았다.

출산이 임박하자 이번에는 이런저런 이유로 제왕 절개 수술을 권유했다. 아니, 첫 출산이면 웬만하면 자연 분만을 한다고 들었는데. "생각 좀 해보겠습니다." 끓어오르는 혈압을 짓누르고 간신히 병원 문을 나섰다.

그 길로 다른 병원을 찾았다. 며칠 후 15시간의 진통 끝에 큰아들이 태어났다. 간호사로부터

"순산하셨습니다. 3.25킬로입니다."라는 말을 듣기 무섭게 "손가락, 발가락 다 있습니까?"라고 물었다. 간호사가 "네."라고 대답했다.

어쩌면 내가 정말로 그 여의사의 말을 잘못 알아듣고 오해를 했을 수도 있었는지 모른다. 여의사 입장에서 그럴만한 이유가

있어서 제왕절개 수술을 권유했을 수도 있다고 생각하니 머쓱한 마음에 얼굴이 화끈거렸다.

네가 오려고 그랬구나!

너는 내 운명

넌 네가 누군지 아니? 넌 하나의 경이야. 넌 독특한 아이야. 이 세상 어디에도 너와 똑같이 생긴 아이는 없어. 네 몸을 한번 살펴봐. 너의 다리와 팔, 귀여운 손가락들이 움직이는 모양은 모두 하나의 경이야. 넌 미켈란젤로, 셰익스피어, 베토벤 같은 사람이 될 수 있어. 넌 그 어떤 것도 해낼 수 있는 능력이 있어. 넌 정말로 하나의 경이야.

-파블로 피카소(Pablo Picasso)

5월 8일 어린이날이었다.

첫째 일곱 살, 둘째 세 살, 셋째는 이제 갓 돌이 지났다. 그동안 맞벌이를 한답시고 제대로 놀아준 적이 드물어 항상 애들한테 미안한 마음이 한가득했다. 특히 큰놈에게 미안한 마음이 컸다. 100일이 지나자마자 어린이집에 보내기엔 너무 일러 옆 아파트 아주머니 댁에 맡기게 되었다. 늘 정부의 출산 정책, 지원 정책에 불만을 토로하던 때였다. 첫날 아주머니와 잠시 상견례를 갖고 이 세상에서 가장 공손한 자세로 "잘 부탁드립니다."라고 말하면서 세세하게 인수인계했다. 며칠 지나 출근 시간에 쫓기는 날이면 던지듯 맡기는 게 이상하지 않을 정도였다. 거기다 또 야간 대학 다닌다고 많이 놀아주지도 못한 것이 사실이었다.

오랜만에 차를 타고 서울에 있는 롯데월드 아쿠아리움으로 향했다. 5월의 햇살은 늘 그렇듯이 오늘도 찬란했다. 나무들도 자기들이 어린이날인 것처럼 마냥 즐거워 보였다.

아쿠아리움으로 향하는 로비는 그야말로 인산인해였다. 왕복 8차선 정도는 되어 보이는데도 몸을 부딪치지 않고서는 지나갈 수 없을 정도였다. 장모님이 큰아들 손을 잡고, 아내가 막내딸을 안고 나는 둘째 손을 잡았다.

한참을 걸려 겨우겨우 아쿠아리움으로 들어섰다. 어린이날이 10년에 한 번 돌아오는 것처럼, 대한민국에 아쿠아리움은 한 군데밖에 없는 것 같았다. 애들 손을 잡고 한 발짝 전진하는 데 5분이나 걸릴 정도였다. 이렇게는 도저히 구경하는 것이 힘들 것 같았다. 참말로 애들한테 미안했지만 어쩔 수 없이 다음을 기약하기로 했다. 터벅터벅 주차장으로 가는 로비는 아까보다 훨씬 더 어수선했다. 그 순간 뭔가 허전한 느낌이었다.

내 손을 잡고 있어야 할 둘째가 보이지 않았다. 이렇게 많은 사람이 오가고 있는데 둘째가 안 보인다니……. 망치로 얻어맞은 듯 정신이 멍했다. 그대로 쓰러질 뻔했다. 이마에서 식은땀이 솟구치고, 온몸에 오싹오싹 소름이 돋았다. 나는 정신나간 사람처럼 달리며 둘째 이름을 소리쳐 불렀다. 장모님, 아내도 마찬가지였다. 왔던 길을 되짚어가며 정신 나간 사람처럼 몇 번을 왔다 갔다 했는지 몰랐다. 그러다가 이내 바닥에 주저앉았다.

'이렇게 아이를 잃어버리는구나.'

둘째의 웃는 모습, 우는 모습이 바늘이 되어 심장을 꾹꾹 찔러댔다.

둘째는 산후조리원을 퇴원하자마자 몸이 좋지 않아 중환자실에 입원해야 했다. 입원을 시킨 후 보호자는 함께 있을 수 없다고 하여 눈물을 흘리며 돌아오던 날은 첫눈이 펑펑 쏟아졌다. 그다음 날 동이 트자마자 면회하러 갔고, 창문을 통해 간호사가 안고 있는 둘째는 가냘픈 머리를 모두 깎고 이마 양쪽으로 수액 주사가 꽂혀 있었다. 해맑게 웃는 모습을 보는데 내 눈에서는 눈물이 줄줄 흘러내렸다. 얼마 전에는 출근하다가 8층 엘리베이터를 먼저 타려고 손을 내밀었다가 문이 열리면서 손가락이 가장자리 엘리베이터 틈으로 낀 적도 있었다. 너무 당황하여 119를 부를 생각도 못 하고 엘리베이터를 있는 힘껏 밀어 겨우겨우 빼냈던 기억, 경주에 있는 11층 콘도에 맨 먼저 들어가 베란다에서 까치발을 하고 밑을 내려 보던 아찔한 순간까지.

우리나라의 실종 아동 제도도 머릿속에 맴돌았다. 만약 실종처리가 된다면 혹시 찾을 수 있을까. 5월만 되면 실종된 아이들을 찾는 방송이 연례행사처럼 진행되고, 아이를 잃은 부모들이 직업을 내팽개치고 전단을 붙이며 아이를 찾는 장면이 휙휙 지나갔다. 온 가족의 일상도 실종이 되는 엄청난 비극이다. 직장을 그만두고 전단을 돌리는 내 모습도 떠올랐다. 전단을 둘러맨 듯 갑자기 어깨가 무거웠다.

누군가 울고 있는 둘째를 끌고 가는 모습이 눈앞에 펼쳐졌다. '앵벌이, 구걸하는 모습…….' 생각만 해도 몸서리가 쳐졌다. 한순간에 내 인생 전체가 무너져 내리는 것 같았다. 냉정해야 한다고 생각했지만, 진정할 수가 없었다. 방송 부스를 찾아봐야 했다. 뛰어야 했는데 발이 잘 움직이지 않았다. 힘을 냈다. 내가 지체하는 것만큼 둘째가 멀어져 갈 것 같았다.

"세 살 남자아이를 찾고 있습니다. 하얀색 셔츠에 검정 반바지를 입고 있는 아이를 봤거나 보호하고 계신 분이 있으면 연락해 주시기를 바랍니다. 다시 한번 안내 말씀드립니다."

평화롭게 오가는 발걸음들, 일찍 구경을 마쳤는지 다정하게 아이 손을 잡고 행복한 미소를 짓는 부부의 모습. 둘째를 잡고 있어야 할 내 손은…….

한쪽으로 터벅터벅 걸었다.

그때 어딘가에서 귀에 익은 목소리가 들렸다. 애처롭게 울고 있는 그 목소리. 쏜살같이 울음소리가 나는 쪽을 찾아 달려갔다. 울음소리가 점점 더 크게 들렸다. 둘째 목소리가 분명했다. 마음씨 좋아 보이는 젊은 커플이 우는 둘째 손을 잡고 오고 있었다. 그 자리에 무릎을 꿇고 아들을 안아 주었다. 둘째가 나를 원망하듯 계속 울었다.

'미안하다, 고맙다 아들아, 너는 내 운명이다.'

줄다리기

핸드폰에 딸 이름을 '샘'으로 저장했다. 순전히 내 희망 사항을 담아 이다음에 커서 선생님이 되었으면 하는 바람에서였다. 그런데 어느 날 갑자기 "학교에 가기 싫어. 전학 보내줘."라며 떼를 쓰기 시작했다. 지난주에 아내가 딸이 친구들과 대판 다투고 나서 학교에 가기 싫으니 전학을 보내달라 했다고. 그 말을 듣고 '좀 그러다 말겠지, 금방 다시 친해지겠지.' 생각했는데 웬걸. 하루, 이틀, 사흘 내내 그 강도가 점점 세지고, 정도가 지나치다 싶었다. 끝내는 식음 전폐와 함께 등교 거부를 선언하기에 이르렀다. 대체 얼마나 심하게 싸웠으면 그럴까. 쉬이 이해가 가지 않았다. 그동안 좀 소홀했던 게 후회가 됐다. 여태껏 선생님 면담이나 상담을 제대로 못했다.

6학년 1학기도 이제 20여 일 남았는데 담임 선생님 전화번호를 알아 연락한 것은 이번이 처음이었다. 그동안 너무 평온하게 학교생활을 잘했는데……. 선생님께 간단히 연락하고 '담임샘'으로 전화번호를 저장했다. 딸이 학교에 가고 있던 사이 선생님에게 '딸이 요사이 친구들과 다투고 힘들어하니 잘 좀 지켜봐 달라.'고 문자를 작성하여 전송을 눌렀다. 누름과 동시에 발을 동동 굴렀다. '담임샘'이 아니고 딸 저장 이름인 '샘' 앞으로 문자 메시지를 날린 것이다. 곧 문자를 받은 딸이 '아빠 왜 얘기했어? 선생님께?'라고 화가 뚝뚝 떨어지는 문자를 보냈다. 나는 더 이상 뭐라고 답을 보낼 수가 없었다. 꿀 먹은 벙어리처럼. 안 되겠다 싶어 잽싸게 학교 쪽으로 달려갔다.

저만치서 딸이 학교에 가다 말고 성난 표정으로 되돌아오고 있었다. 나를 보자마자 하이킥을 날릴 기세로 "왜 선생님한테 얘기했냐?"며 목청을 높였다. "그래. 미안, 미안해. 선생님도 알아야 그 친구들을 좀 혼내주고 할 것 같아서……." 사실 며칠 전부터 전학 얘기, 학교 가기 싫다고 말할 때마다 딸은 절대 선생님께는 자기 얘기를 하지 말라고 수도 없이 얘기하기는 했다. 그때마다 "당연하지. 안 하지. 못하지. 절대 안 한다니까?"라고 안심을 시켰다. 한편으로는 딸의 현 상황에 대해서는 그래도 담임 선생님이 제일 잘 알 것 같아 몰래 문자를 주고받고 있었다. 또 혹시 담임 선생님도 모르는 심각한 상황이 있을지도 모른다는 걱정이 들어 특별히 세심한 관찰을 부탁했다. 물론 같은 반 친구들에게 절대 딸의 사정을 얘기하지 말 것을 신신당부했다. 우선은 나와 선생님이 충분히 대화하면서 방법을 찾기로 하자고 하면서. 물론 선생님은 그때마다 학생처럼 '잘 알겠다'고 했다.

딸은 "선생님이 애들한테 얘기할 수도 있으니 아예 선생님한테 얘기하지 마."라고 틈만 나면 얘기했다. '설마 그러려고.'

그런데 선생님에게 보내야 할 문자를 딸에게 보내버린 것이다. 아뿔싸!

그날 오후 한 시쯤 소파에 앉아 있던 딸이 다소 과격한 음성으로 "선생님이 애들한테 얘기 다 했대!"라고 말했다. '설마? 진짜?' 내 귀를 의심했다. 내가 얼마나 신신당부를 드렸는데……. 이를 어쩌나. 나에 대한 딸의 실망. 선생님을 향한 나의 실망이

동그란 원을 그리며 빙글빙글 돌고 있었다.

"아빠가 그럴 줄은 정말 몰랐다. 이젠 아빠도 믿지 못하겠어."

딸은 자기 방문을 쾅 닫고 들어가 문을 잠그고 나오지 않았다. 이제 어떻게 해야 하나. 현 상황을 설명하기 위해 다시 선생님에게 문자를 보내기도 전화하기도 민망했다.

그래도 선생님께 연락해야 했다. 선생님은 반 친구들에게 딸이 스트레스를 받고 있으니 많이 도와주라고 말했다고 했다. 선생님 입장을 이해 못 하는 바도 아니었다. 담임으로서 그냥 보고만 있을 수 없어 딸을 생각해서 얘기했을 것이다. 그렇지만 나도 선생님이 아주 원망스러웠다. 딸은 이제 학교를 안 가겠다는 것에서 전학을 보내달라는 것으로 방향을 바꿨다. 이 일만 슬기롭게 넘어가면 아무 바랄 것이 없을 텐데.

벌써 딸과의 줄다리기가 열흘을 넘어섰다. 아직 줄은 팽팽했다. 어느 한쪽으로 기울지는 않았지만 서서히 나는 힘에 부쳤다. 며칠째 조퇴가 계속되었다. 그 덕에 나도 조퇴가 늘고 있었고 고등학교 졸업하고 처음으로 에버랜드에 가 세상에서 제일 무서운 청룡 열차를 비자발적으로 타기도 했다. 이건 희극인지, 비극인지.

오후에 태권도장으로 딸을 데려다줬다. 몰래 창을 통해 쳐다보니 신나게 운동한다. 기분도 괜찮아 보였다. 평소보다 발도 훨씬 높이 올라갔다.

작년 여름 때가 생각났다. 그때 딸은 한참 인라인스케이트에 빠져 있었다. 태권도장을 스케이트를 타고 오갈 정도로 수준 높은 솜씨였다. 내가 보기에. 그런데 스케이트를 타고 태권도장에 가다가 넘어져 팔에서 피가 난다고 울면서 전화했다. "씩씩해야지. 여전사가. 그깟 피 조금 난다고 울면 어떡해." 딸은 그래도 아프다며 전화를 끊었다. 걱정되어 얼른 집으로 가 함께 정형외과에서 엑스레이를 찍어보니 왼팔 뼈가 부러진 게 선명하게 보였다. 끔찍했다. 그리고 내 자신에게 화가 났다. 그날 팔에 철심을 몇 개나 박고 함께 집으로 돌아오면서 마음이 너무 아프고 미안해서 딸에게 어떤 말도 못 했다. 그저 미안하다는 한마디밖에. 그때는 딸도 그렇게 화를 내지는 않았다.

맞다. 외부의 상처는 병원에서 수술을 받고 약을 바르고 시간이 지나면 곧 나아진다. 하지만 마음의 상처는 시간이 지난다고 쉽게 낫지 않는 경우가 많다. 어떤 때는 시간이 지남에 따라 덧나고 외상보다 더 큰 흉터가 되어 괴롭힌다. 지금 딸도 심한 내상을 입고 있을 수도 있다. 태권도를 기분 좋게 끝내고 돌아오는데 듣기 싫은 말을 또 한다. "전학 언제 보내 줄 거야?"

매일 아내와 전학을 두고 고민했다. '전학을 보내야 하나, 아니면 이곳에서 버티고 이겨내게 해야 하나?' 정해진 정답은 없었다. 이 사람 저 사람 물어봐도 '당장 보내야 한다. 아니다. 전학 가도 마찬가지다. 죽이 되든 밥이 되든 이겨내게 해야 한다'는 등 찬, 반 의견이 팽팽했다. 여전히 승부가 나지 않는 나와 딸의 줄다리기처럼. 방학까지만 좀 버텨보면 방학 동안에 쉬면서 어떻게 좀 해 볼 것 같은데. 하루가 너무 길었다.

전학을 알아보는 중 여름 방학이 왔다. 시간이 약이 된다는 말은 불변의 진리인가. 언제 그랬냐는 듯 딸은 예전의 명랑함을 되찾고 있었다. 방학이 쉼표가 되었던 것 같다. 2학기가 시작되고 소원했던 친구들과 다시 둘도 없는 사이가 됐다.

딸에게 필요한 약은 무조건 참는 것도 아니었고, 전학도 아니었고, 청룡 열차도 아니었다. 상처 난 마음을 보듬어 주고, 어루만져 주고, 위로를 줄 수 있는 약이 필요했다.

저만치서 가을이 오고 있다. 여전히 내 핸드폰 속에서 딸은 '샘'이었다. 씩씩하게 학교를 향하는 딸의 뒷모습이 기특하다.

나보다 훨씬 많이 힘들고 아팠겠지. 딸의 동의 없이 내 멋대로 선생님이 되었으면 하고 붙인 이름으로 딸을 곤경에 빠뜨렸다. 아이는 골프처럼 내 마음대로 된 적이 한 번도 없다.

화살처럼 시간이 흘렀다. 그동안 조심스러워 한마디도 안 했다. 너무 순해 보여 이 험한 세상을 어떻게 살아갈지 걱정이었다. 수능이 끝난 후 딸이 말했다. "고등학교 2학년 때 네 번이나 아빠, 엄마 모르게 호텔 식당으로 아르바이트하러 갔었어. 말하면 혼날 것 같아서 말은 못 하고." 농담이라고 생각하면서도 가슴을 쓸어내렸다. 그런데 실제로 수능이 끝나자마자 기다렸다는 듯이 두 군데 식당 면접을 보고 일주일에 4일이나 아르바이트를 하느라 정신이 없다. 내 걱정이 또 기우였나 보다.

호박죽

호박즙을 먹어야 한다는 딸내미의 성화에 못 이기고 근처 지하상가 호박즙 가게로 향했다. 오늘도 주인은 온데간데없고 다보탑처럼 층층이 쌓인 늙은 호박들이 주인처럼 얌전히 문을 지키고 있었다.

고운 주름 사이로 노란 윤기가 가득한 호박, 덜 노래져 약간은 우울해 보이는 호박, 중간에 끼어 숨을 헐떡거리는 호박, 아직도 줄을 맞추지 못하는 신입생처럼 삐죽 나와 있는 호박. 나를 보고 모두 '아침부터 웬일이냐?'는 듯 퉁명스럽다.

지난번처럼 옆 식당 아저씨가 주인한테 전화하더니 이미 즙을 내기로 맞춰져 있는 호박들이라 팔 수는 없다고 한다. 그러면서 농수산물 시장에 가면 어디에서 호박을 판다고 친절하게 알려주는데 나는 건성으로 흘려듣고 벌써 계단을 서너 개 오르고 있었다.

호박에 무슨 효능이 있는지 잠깐 찾아봤다.

호박 중에서도 늙은 호박은 애호박보다 식이 섬유, 철분, 비타민 A, 베타카로틴, 비타민 B2, B3가 풍부하며, 칼슘은 단호박보다 약 7배, 철분은 2배 많이 들어 있어 항암 효과, 눈 질환 예방, 면역력 강화, 항산화 효과, 변비 예방에 효과가 있다고 한다. 그리고 마지막에 산후 부기가 있는 환자에게도 권장된단다. '나 애 낳았을 때도 먹어보지 못했는데 웬 호박죽이냐?'라던 아내의 불평스러운 한마디가 아직도 나를 따라오고 있었다.

차를 몰고 농수산물 시장으로 달려갔다. 아침부터 내리던 비가 몇 시간 사이에 부쩍 굵어졌다. 몇 달간 아무 일 않고 겨울을 즐겼던 와이퍼가 비지땀을 흘리며 빗물과 사투를 벌이는 사이 시장 입구에 다다랐다. 오늘도 어김없이 구급차 사이렌이 울렸고, 또 견인차들은 게걸스럽게 먹잇감을 물고 바람처럼 달리고 있었다.

이렇게 한가할 때가 아니다. 늙은 호박을 구해야 한다. 여기저기 배추, 무, 오이들이 널려 있는 걸 보니 농수산물 시장이 맞다. 어디에 늙은 호박 파는 데가 있나. 두리번두리번, 대충 몇 바퀴를 둘러보았는데 보이지 않는다. 상추 파는 아주머니에게 물어보니 바쁜데 왜 물어보냐는 듯 고개를 젓는다. 아까 아저씨가 말할 때 잘 들을 걸 그랬다.

처음 입구부터 다시 지뢰 탐지병(?)처럼 가게 하나씩 조심스럽게 정밀 탐색을 시작했다. 실로 오랜만에 둘러보는 시장이다. 고추, 상추, 당근, 부추, 마늘. 다들 말쑥하게 차려입고 선택을 기다리고 있는 것을 보니 기분이 절로 좋아졌다. 응, 그래도 너희들은 아니야. 나는 호박이 필요해. 굵은 손마디로 1,500원짜리 깻잎을 정성스럽게 봉지에 담고 있는 할머니에게 나도 모르게 5,000원짜리를 내밀었더니 기다렸다는 듯이 두 봉지에 2,000원이라며 3,000원을 거슬러준다. 어젯밤 늦게 한참 동안 전화기를 붙들었지만, 한마디도 못 알아들으시고 큰소리만 지르시던 어머니가 생각났다.

몇 바퀴를 돌았나. 드디어 아까 그 가게에서 본 듯한 호박이 눈에 들어왔다. 마치 밤새워 일출을 기다리다가 세찬 구름 속을 뚫고 장렬하게 솟아오르는 태양을 본 것처럼 경이로웠다. 한 걸음, 또 한걸음 조심스럽게 다가갔다. 행여 내가 잘못 본 것은 아니겠지. 난생처음으로 "호박이 얼마인가요?"라며 최대한 공손하게 여쭤보았다. 아저씨는 귀찮다는 표정으로 가게를 한 바퀴나 돌며 물건을 정리하더니 이내 "7,000원이요."라고 했다. 아니 이렇게 쌀 수가! 생각 같아서는 거기에 있는 호박들을 모두 사고 싶었다. 횡재를 한 것 같았다. 선택받지 못한 호박들의 상심한 표정을 뒤로하고 시장을 나왔다.

이제는 호박죽이다. 지금부터 호박죽을 끓여야 한다. 그것도 세상에서 가장 맛있게. 계백 장군처럼 비장한 각오로 심호흡을 크게 하고 도마 위에 호박을 올려놓았다. 반갑다. 늙은 호박님. 굵은 주름을 보니 언뜻 보아도 나이는 나보다 한참 많아 존댓말을 써야 할 것 같았다. 그러나 난 단호하게 호박을 향해 소리쳤다. '지금부터는 내 명령에 따라야 한다.'

날렵한 동작으로 깨끗하게 씻은 호박을 4등분으로 잘랐다. 기대했던 금은보화는 온데간데없고, 수천 개의 가느다란 실줄과 호박씨들이 차분하게 다음 순서를 기다리고 있었다. 실줄과 호박씨들을 긁어 프라이팬에 넣고 물을 부은 후 데우기 시작했고, 4등분이 된 호박을 다시 번개처럼 72등분 하여 껍질을 벗겨낸 후 또 다른 프라이팬에 넣고 삶기 시작했다. 얼마나 삶아졌을까? 이번엔 적당히 삶아진 호박들을 꺼내어 믹서에 넣고 스위치를 눌렀다. 노랗게, 너무나 노랗게 원을 그리며 터무니없이 더 노래지려는 결정적인 순간 전원을 끄고 프라이팬 속에 끓고 있던 호박씨, 씨줄을 건져내고 믹서에 들어있던 호박즙을 들이부었다.

과연 이것은 호박죽인가. 한 치의 오차도 허용되어서는 안 된다. 이제까지 구경만 하고 있던 나무 주걱이 놀라지 않게 오른손에 들어 프라이팬 속의 호박죽을 젓기 시작했다. 다음 순간 미리 불려놓은 찹쌀 한 주먹을 믹서에 돌린 다음 천천히 간절한 마음으로 끓고 있는 호박죽 속으로 던져 넣었다.

이제 마지막 단계다. 주걱이 힘을 냈다. 주걱에도 내 이마에도 땀이 송골송골하다. 노란 호박죽이다.

큰 소리로 딸을 불렀다. 호박죽 먹어라! 지난주 쌍꺼풀 수술을 했던 딸이 어디서 들었는지 부기를 빼는 데는 호박이 최고라고 호박즙을 사달라고 해서 사줬더니 몇 숟가락 먹는 둥 마는 둥 하더니 오늘은 호박죽을 해 달라고 했다. 쌍꺼풀을 주지 못한 심한 죄책감과 한편으로 아빠에 대한 기억 한 장을 남겨주려는 나의 극성으로 오늘 대장정을 마무리했다. 평소 같으면 '맛없다'고 한마디를 했을 애가 아빠의 정성을 알았는지 한마디 하며 숟가락질이 바쁘다.

"죽이네!"

청천벽력

“아버지 되시죠?”

“예 맞습니다.”

“담임 선생입니다. 아드님이 화장실에서 담배를 피우다가 걸려서 연락드렸습니다. 가능하시면 한번 학교에 와 주실 수 있나요?”

“예? 예. 지금 가겠습니다.”

외출을 신청하고 한달음에 학교로 갔다. 중학교 2학년인데 담배를 피우다니……. 학교 선도부장실에 가보니 아들과 다른 친구 한 명이 고개를 숙인 듯 만 듯 서 있었다.

선생님을 보자마자 무릎을 꿇었다.

"선생님, 죄송합니다. 제가 아들 교육을 잘못 시켰습니다. 죄송합니다. 앞으로 지도 잘하겠습니다. 한 번만 선처해 주세요."

선처라니…….

수사기관에 근무하면서 그간 숱하게 보고 들었던 단어가 내 입에서 나올 줄이야. 음주 운전, 중고 사기, 폭행, 절도 등 그동안 숱하게 청소년들로부터 반성문을 받아보고 또 부모들로부터 서약서도 받아봤다. '부모로서 아들 교육 잘하겠습니다. 선처 바랍니다.'의 그 선처.

진심이었다. 뇌 속에서 처음이자 마지막이라고 생각했다. 아빠의 모습을 보고 정신을 똑바로 차리기를 바라는 마음으로 더 간절하게 더 통렬하게 애원했다. 내 모습을 본 아들은 닭똥 같은 눈물을 뚝뚝 떨어뜨렸다. 그때는 그것이 끝이 아닌 일탈의 시작일 줄은 상상하지 못했다. 어릴 때부터 둘째는 한없이 착했다. 적어도 내가 보기에는. 말썽도 피우지 않았고, 공부도 곧잘 했었다. 그런데 중학교 들어가면서부터 공부와 담을 쌓기 시작했고 하루 종일 자전거를 타고 게임을 하고 놀기에 진심이었다.

저렇게 놀다가도 언젠가 정신을 차리겠지. 큰놈처럼 깨닫고 공부하겠지. 생각했다. 큰놈도 고등학교 2학년이 되기 전까지는 매일 밤 12시까지 농구하고 들어오곤 했었다. 더 이상 안 되겠다는 생각이 들었다. 2학년 여름방학 때 경기도 광주의 기숙학원에 반강제적으로 들어가게 했다. 한 달간 들어가 생활해 보고 공부를 할지 말지 결정하라고 했다. 어떤 이유인지는 모르겠지만 큰아들은 기숙 학원에 갔다 온 후로 개과천선(?)하여 공부에 매진했다.

그렇게 놀기에 진심이던 둘째도 어느새 3학년이 되었고 고교 입시가 시작되었는데 어느 저녁 날 아들 왈 "성적이 안 돼서 인문계 고등학교에 갈 수 없다는데." 아니 이건 또 무슨 자다가 봉창 뜯는 소리란 말인가. 대학도 아닌 고등학교인데 인문계를 못 간다니. 대명천지에 이런 청천벽력이 있나.

그만큼 무심했던가. 선생님께 여쭸더니 사실이었다. 거주 지역에 중학생 수는 많고 인문계 고등학교 학생 수는 정원이 정해져 있어 어쩔 수 없다는 거였다. 그렇게 똑똑하다고 믿었던 둘째였는데. 할 수 없이 집에서 1시간 떨어져 있는 다른 인문계 고등학교에 지원하여 합격했고, 마지막 방법으로 전학하는 방법을 택했다.

살고 있는 지역 내 고등학교에 어떤 사정으로 진학하지 않은 학생이 있어 결원이 생기면 전학이 허용되는 제도가 있었다. 교육청 앞에서 줄을 서서 기다려야 했다. 선착순으로 먼저 와서 줄을 선 사람부터 희망하는 학교로 전학을 보내 주는 것이었다.

새벽 3시 30분에 알람을 맞춰놓고 일찍 잠자리에 들었다. 4시 정도면 가장 먼저 도착하여 집에서 가까운 학교로 전학이 될 거라고 위안을 삼았다. 내 작은 희생으로…….

4시쯤 교육청 앞에 도착했는데 깜짝 놀랐다. 전날부터 텐트를 치며 기다리고 있던 사람들이 이미 20명이 넘었다. 22번 번호표를 받고 보니 원하는 학교는 또 자리가 찼다. 할 수 없이 그래도 집에서 가까운 고등학교에 자리가 있어 그 학교로 지원했고 마침내 전학이 되었다.

조금 번거로웠지만 이렇게라도 원하는 인문계 고등학교에 들어갈 수 있어서 천만다행이었다.

그렇지만 오산이었다. 전통적인 명문 고등학교답게 학생들 모두가 공부에 열성적이었고 모두 밤늦도록 공부에 매진하는 분위기였다. 중학교 이후로 공부라고 제대로 해본 적이 없는 아들로서는 그 중압감, 분위기를 견디기 어려워했다. 아들은 공부와는 너무 거리가 멀었다. 그 학교는 공부로 전통이 있는 학교였고, 아들처럼 공부가 아닌 전학으로 온 경우는 몇 명 되지 않았다.

아들 앞을 커다란 벽이 가로막고 있었다. 나는 아들이 스스로의 힘으로 그 벽을 뛰어넘기를 간절히 바랐다. 그러나 그것은 내 욕심이었다.

모든 겨울은 지나갔다

내 예상과 완전히 딴판으로 학기가 시작되자마자 아들의 일탈이 시작되었다. 그렇게 내 앞에서 울며 다짐했던 모습은 온데간데없고, 담배는 이제 점점 익숙해졌다. 또 하루가 멀다 하고 툭하면 무단결석, 무단 조퇴가 이어졌다. 급기야 집에 들어오지 않는 날이 반복되었다. 피시방이 집이자 안식처였다. 새벽이면 집에 들어와 출근 시간이면 잠에 곯아떨어져 며칠씩 얼굴을 못 보는 게 다반사였다. 문도 걸어 잠그고.

오늘은 새벽 1시가 되도록 들어오지 않았다. 전화는 아예 받지 않고, 문자만 뜨문뜨문 답장했다. 새벽까지 기다렸는데 오늘도 결국 들어오지 않았다. 잠시 일탈이 아니었다. 집에 안 들어오는 것도 일상이 되었다. 점점 늘어나는 여러 가지 눈에 뻔히 보이는 변명. 나도 아들도 점점 지쳐가고 있었다. 새벽 2시에 통신 조회(핸드폰 위치 파악)와 계좌 추적(신용카드 사용 내역)으로 아들을 검거(?)하기 위한 출동이 이어졌다. 나는 진짜(?) 검찰수사관이었다.

조금이라도 아들의 마음을 돌려보기 위해 화도 내고, 협박(?)과 위협도 하고, 애원도 해봤다. 다른 아이들처럼 평범하기를 바랐다. 밤에 집에서 잠을 자고, 아침저녁으로 함께 밥을 먹고, 학원에 다니는 그런 일상. 그것마저도 욕심이었다. 마치 청개구리처럼 밖에서 잠을 자고, 밖에서 밥을 먹고, 공부는 전혀 하지 않았다. 평범하다는 것이 가장 어려운 말이라는 것을 그때 알았다.

어쩌면 처음부터 실업고로 갔어야만 했다. 아들이 원했을 때부터. 그러나 혹시나 했다. 잠시 일탈이 있었지만, 한순간 공부를 게을리했을 뿐이어서 시간이 지나 마음먹으면 금방 예전의 그 똑똑한(?) 아들로 돌아올 것이라 생각했다. 큰 오산이었다.

이 세상에서 제일 큰 산이 오산이라는 것을 그때 알았다.

오늘도 어김없이 아들을 기다리다 잠이 들었다.

새벽 4시에 자동으로 눈이 떠졌다. '아들이 들어왔나.' 자면서도 생각했나 보다. 아들 방문이 닫혀 있다. 열어봐야 하나. 문을 열었는데 아들이 없었을 때 그 불안함. 먼저 신발장을 봤다. 신발이 있는 것 같아 안심하고 문을 열었다. 그러나 방에는 허름하고 차디찬 공기만 낯설게 나를 맞이했다. 전화했다. 한 시간 동안 전화를 해도 받지 않다가 문자가 왔다. 오늘 친구 집에서 잔단다.

더 이상 안 되겠다 싶었다. 그 학교에서 가까운 실업계 고등학교로 전학하기로 했다. 열심히 공부하고, 생활하겠다는 다짐과 함께. 그러나 전학은 불난 집에 기름을 끼얹은 듯했다. 그곳은 아들을 능가하는 고수(?)들이 즐비했다. 아예 일주일씩 집에 들어오지 않는 경우가 허다했다. 이제는 포기해야 하나. 어느 날 새벽 4시에 들어오는 아들을 향해 말했다. "당장 나가! 다시는 내 앞에 나타나지 마. 집에 들어올 생각도 아예 하지 마!"라고 고함을 쳤다. 그 길로 아들은 쏜살같이 밖으로 달려갔다.

언젠가 차 계기판에 엔진 점검이라는 경고등이 떴었다. 중고 차로 구입한 지 1년밖에 지나지 않았는데 거짓말처럼 보증 기간이 끝나자, 경고등이 뜬 것이다. 엔진이라니. 자동차의 심장과도 같은 것이 아닌가. 마음이 급해져 고객 센터에 전화했더니 수리비가 자그마치 200만 원이 든다고 했다. 맙소사! 수리하느니 새 차를 뽑는 게 낫지. 고민이 되었다. 이러지도 저러지도 못하며 수리를 차일피일 미루며 타고 다니는데 어느 날 출근하는데 경고등이 감쪽같이 사라졌다. 순간 얼마나 기분이 좋았던지……. '그래, 수리하지 않기를 잘했어. 오류가 날 수도 있지.' 나를 안심시켰다. 그리고 맘속으로 바랬다. '다시는 내 앞에 나타나지 않았으면, 경고등이.' 임시방편이었다. 심장이 제대로 작동하기를 운에 맡기고 있었다. 아들이 경고등 같다는 생각이 들었다. 생각해 보니 너무 심한 말을 해버렸다. 내가 어떻게 이런 끔찍한 인간이 되었을까.

대안을 찾아야 했다. 그렇게 아들은 무너지고 있었고 나도 무너지고 있었다. 아들 같지 않은, 아빠 같지 않은 서로가 되어가고 있었다. 일단은 환경이 문제라고 생각했다. 매일 돌아다니는 공간, 매일 만나는 친구들과의 단절이 유일한 방법이라는 생각이 들었다. 강화도부터 해남 땅끝까지 여러 학교를 찾아가

봤다. 그때마다 지금 다니는 학교 성적이 좋지 않아 전학이 어렵다는 얘기, 이미 전학 기간이 지나 어렵다는 얘기를 들었다. 우리나라에 그렇게 많은 고등학교가 있지만 전학을 시킬만한 학교를 찾는 것이 쉽지 않았다. 사실은 내가 문제였을지 모른다. '언젠가 돌아오겠지. 때가 되면 정신 차리고 형처럼 공부하겠지.'라고 생각했는데 둘째는 달랐다.

이번에는 전국의 대안학교를 찾아봤다. 공부에 그렇게 신경쓰지 않고 자유롭게 생활한다는 취지의 대안학교.

상담을 받는 선생님이 물었다.

"대안학교에서도 적응하지 못하면 더 이상 대안이 없을 텐데요."

"예."

그렇지만 다른 대안이 없었다. 대안학교로 옮기기로 결정했다. 기숙사가 있는 학교였다. 여름 방학이 한 달 정도 남은 시점이었다. 작은아들이 기숙사에 들어간 첫날 1년 만에 처음으로 깊은 잠을 잤던 것 같다. 대안학교였지만 학교가 문제가 아니었다. 아들이 문제였다. 안에서 새는 바가지가 밖에서 새지 않을 수 없었다. 하루가 멀다 하고 담배 피워 생활 위원회가 열리니 참석하라는 문자가 왔다. 왕복 5시간 넘는 학교를 한 달에 몇 번이나 오갔다.

또 상담은 얼마나 다녔는지……. 똑같은 패턴이었다. 상담 선생님께 지금까지의 아들 상황에 대하여 얘기하고 어서 빨리 정답을 달라고 요구했다.

"시간이 필요합니다. 인내가 필요합니다. 포기하지 않으면 돌아옵니다."라는 말을 수없이 들었다. 공감도 안 되었고, 동의하기도 어려웠다. 시간이 뭐길래, 인내가 뭐길래, 포기와는 또 무슨 상관이 있길래.

고등학교 3년이 30년보다 더 길게 느껴졌다. 수업 일수를 반나절만 못 채웠어도 졸업이 1년 미뤄질 뻔 했다. 참으로 먼 길을 돌아왔다. 가지 않았으면 했던 길을 너무나 열심히 갔다. 해마다 이번 겨울은 정말 지나가지 않을 것 같았고, 다음 봄은 오지 않을 것 같았다. 아들은 얼마나 힘들었을까. 이상 기후처럼 3년 내내 봄, 여름, 가을이 없었고 겨울의 연속이었다. 아들과 3년 동안 가혹한 숨바꼭질을 했다. 찾지 못하면 목숨까지 위태로울 수 있었던 그런 숨바꼭질이었다. 치열했던 숨박꼭질

속에 날마다 찾아 헤매던 답은 여전히 미궁이었다. 궤도에서 100미터를 벗어난 열차가 이제 이탈을 멈추고 1미터 돌아온 듯 했다.

숨바꼭질이 끝나자마자 내가 30년 전에 머물렀던 그 논산 29연대 무적 7중대로 아들이 출발했다.

"충성"을 외치며!

영원히 지나가지 않을 것 같은 겨울이 서서히, 아주 서서히 지나가고 있다.

다시, 도전할 결심

미국의 유명한 화가였던 모지스 할머니. 모지스는 1860년에 뉴욕에서 태어났다. 12세에 농장 가정부로 일하다가 27세에 농장에서 함께 일하던 토머스 모지스와 결혼하여 열 명의 자녀를 낳았지만 다섯 명이 어릴 때 죽고, 나머지 다섯 명을 키웠다. 67세 때 남편과 사별하고 75세부터 그림을 그리기 시작해 80세에 개인전을 열면서 그림들이 유명해졌는데 그렇게 그린 그림만 1,600여 작품이고 이 중 100세가 넘어 그린 그림만 250점이었고 88세에는 '올해의 여성'으로 선정되기도 했으며, 93세에는 《타임》지 표지를 장식했고, 100번째 생일에는 당시 뉴욕 주지사였던 넬슨 록펠러가 그날을 '모지스 할머니의 날'로 선포하기도 했다고 한다.

그동안 열심히 살았다고 생각했는데 막상 책을 쓰며 뒤돌아 보니 실수, 후회, 아쉬움이 가득하다. 그때 할걸, 다시 돌아가면 잘할 수 있을 텐데, 만약 딱 10년만 뒤로 물릴 수 있다면……. 아직 1초라도 삶을 되돌렸다는 얘기를 들어보지 못했다. 그럼에도 앞을 못 보고 지난 일에 매달려 아쉬워하는 날들이 참으로 많았다.

마크 트웨인은 “앞으로 20년 후에 당신은 저지른 일보다 저지르지 않은 일에 더 실망하게 될 것이다. 그러니 밧줄을 풀고 안전한 항구를 벗어나 항해를 떠나라. 돛에 무역풍을 가득 담고 탐험하고, 꿈꾸며, 발견하라.”고 말했다.

하마터면 ‘이제 늦었어.’라고 체념하고 더 이상 도전 같은 것은 생각하지 못할 뻔했다. 도전에 나이, 유통 기간은 없다. 나이가 들어 늙는 것이 아니고 도전을 멈출 때 비로소 늙는다는 말이 틀린 말이 아닐 것이다.

인생은 큰 선물이다. 선물을 받아 그냥 지나치기에 인생은 너무 짧다. 75세에 그림을 그리기 시작한 모지스, 92세에 처음 시를 쓰기 시작한 도요의 이야기를 듣고 다시 도전할 용기를 얻었다. 20년 후에 후회하지 않기 위해 지금까지 중간에 포기했던 일들과 마음속에 담아둔 소망들을 10년 이내에 이루기 위해 아래와 같이 리스트를 작성해 보고 다시 도전하기로 마음을 굳혔다.

1. 중국어 통·번역대학원 진학 (퇴직 후 3년 내) : 나의 사랑 나의 중국어. 그렇지만 아직까지 이루어질 수 없었던 사랑. 손 놓은 지 10년이 지났지만, 퇴직과 동시에 도전하여 번역과 사법 통역 그리고 중국어 강사를 해보고 싶다.
2. 한식 요리 자격증 취득 (5년 내) : 몇 년 전 강남에 있는 요리 학원을 7주간 다닌 적이 있다. 요리에 조금 솜씨가 있다고 생각했지만, 막상 해보니 쉬운 것이 없다.
3. 사하라 사막 마라톤 도전 (27년 상반기 중) : 2000년에 전주 군산 벚꽃 마라톤 풀코스에 도전하여 4시간 37분에 완주한 기억이 있다. 사하라 사막 마라톤은 엄청난 도전이다. 일반적인 도로나 트랙이 아닌 사하라 사막의 모래 언덕과 사막 지형을 횡단하는 것으로 유명하다. 7일 동안 250킬로미터에 이르는 거리를 달리는 극한의 여정이다.

4. 판소리 한 대목 (쑥대머리) 부르기 (퇴직 전) : 그동안 몇 번이나 발을 들였다, 뺐다를 반복했다. 쑥대머리는 쑥과 같이 헝클어진 머리를 한 춘향이가 옥중에서 이 도령을 그리워하며 부르는 노래다.
5. 이발 배워 봉사 (4년 내) : 손재주가 별로 없는데 군대에서 머리 잘 깎는다는 칭찬을 여러 번 받았다. 살고 있는 아파트 벽보에 한 달에 한 번 지역 어르신들을 위한 이발 봉사 안내문을 볼 때마다 동참하고 싶은 마음이 간절했다.
6. 아내와 함께 한반도 종주 (5년 내) : 아들 둘, 딸 하나를 낳아 아등바등하다 보니 어느새 60이 가까워졌다. 아내와 함께 아름다운 한반도를 둘러보고 싶다.

리스트를 적고 나니 벌써부터 가슴이 뛴다. 과연 얼마나 달성할까. 10년 후 내 모습은 어떨까?

오늘 새벽, 사하라 사막 마라톤 도전을 향한 여정을 시작했다.